Le funeste destin des Baudelaire

par LEMONY SNICKET

traduit par Rose-Marie Vassallo

Septième volume

L'ARBRE AUX CORBEAUX

Catalogage avant publication de la Bibliothèque nationale du Canada

Snicket, Lemony

L'arbre aux corbeaux

(Le funeste destin des Baudelaire; 7e)
Traduction de: The vile village.
Pour les jeunes de 10 à 16 ans.

ISBN 2-7625-2110-6

I. Helquist, Brett. II. Vassallo, Rose-Marie. III. Titre. IV. Collection: Snicket, Lemony. Funeste destin des Baudelaire; 7e.

PZ23.S599Ar 2005   j813'.54   C2005-940166-4

The Vile Village
Copyright du texte © 2001 Lemony Snicket
Copyright des illustrations © 2001 Brett Helquist
Publié par HarperCollins Publishers Inc.

Version française
© Éditions Nathan 2004
Pour le Canada
© Les éditions Héritage inc. 2005
Tous droits réservés

Infographie et mise en pages: Jean-Marc Gélineau
Révision: Ginette Bonneau

Dépôts légaux: 1er trimestre 2005
Bibliothèque nationale du Québec
Bibliothèque nationale du Canada

ISBN: 2-7625-2110-6   Imprimé au Canada

10 9 8 7 6 5 4 3 2 1

LES ÉDITIONS HÉRITAGE INC.
300, rue Arran, Saint-Lambert (Québec) J4R 1K5
Téléphone: (514) 875-0327
Télécopieur: (450) 672-5448
Courriel: info@editionsheritage.com

Pour Beatrice

Auprès de toi,
je perdais le souffle.
Aujourd'hui, c'est toi qui as
perdu le souffle.
À tout jamais.

CHAPITRE

1

On vous l'a sûrement déjà dit, il faut apprendre à bien choisir ses lectures. Mal les choisir peut nuire gravement à la santé.

Un exemple. Vous vous baladez en montagne et, tout en marchant, vous lisez les œuvres complètes d'Hérodote au lieu de lire :

ATTENTION, RAVIN.

Vous n'irez pas au bout de cette lecture. Vous n'avez pas fait le bon choix.

Autre exemple. Vous préparez de la pâte à crêpes mais, au lieu d'ouvrir un bon manuel de cuisine, vous consultez *Le plâtre en dix leçons*. Vos crêpes risquent d'être un peu lourdes. Vous n'avez pas fait le bon choix.

Dernier exemple. Le livre que vous avez en main est écrit d'une plume des plus noires, et vous seriez bien inspiré de l'échanger contre un autre. Pourquoi pas *Le petit lutin rose*, qui raconte l'histoire d'un farfadet au pays des fées ? Si, malgré cette mise en garde, vous vous entêtez à lire ce qui suit, vous allez faire des cauchemars toute la nuit et demain, vous vous éveillerez avec des yeux de calmar bouilli. Vous n'aurez pas fait le bon choix, et j'en suis navré d'avance.

Les enfants Baudelaire, en tout cas, au début du présent épisode, auraient mille fois mieux aimé lire *Le petit lutin rose* plutôt que le journal qui traînait là, sur le bureau de M. Poe. Hélas pour eux, ils n'avaient pas le choix. M. Poe tardait à venir et il n'y avait rien d'autre à lire dans cette pièce, hormis des papiers noirs de chiffres.

Dans un quotidien, en principe, on ne devrait trouver que la stricte vérité : le récit de faits qui se sont produits en vrai, rapportés par des gens qui les ont vus se produire, ou qui ont parlé à des gens qui les avaient vus se produire. Bref, quand on lit le journal, on devrait pouvoir tout croire ; on devrait pouvoir le lire, pour ainsi dire, les yeux fermés.

Malheureusement, ce n'est pas si simple. Les gens qui écrivent dans les journaux s'appellent des journalistes, et, tout comme les informaticiens, les ballerines et les inspecteurs des impôts, les journalistes peuvent commettre des erreurs. Or c'était le cas, manifestement, de celui qui avait rédigé l'article en première page du *Petit pointilleux* daté de la veille au soir.

Jumeaux kidnappés par le comte Omar, proclamait la manchette. Et les trois enfants, à la vue de ce titre, se demandaient combien d'erreurs en tout pouvait contenir l'article.

— Seuls survivants connus de la famille Beauxdraps, lut Violette à voix haute, les jumeaux Duncan et Isadora Beauxdraps ont été enlevés samedi par le baron Omar, criminel notoire. Déjà recherché par la police pour plusieurs crimes odieux, Omar est aisément identifiable à ses sourcils soudés en un seul et à l'œil tatoué sur sa cheville gauche. Pour des raisons encore inconnues, le baron Omar a également kidnappé Esmé d'Eschemizerre, sixième conseiller financier de la ville et quatrième fortune du pays... Pfff.

« Pfff » ne figurait pas dans le texte, bien sûr. Mais Violette ne voyait pas de meilleur mot pour dire tout le bien qu'elle pensait de cet article.

Elle haussa les épaules.

— Pas la peine d'en lire plus. C'est vraiment du n'importe quoi. Si je bricolais comme ça, à la va comme je te pousse, mes inventions tomberaient en morceaux à la première occasion.

À quatorze ans, l'aînée des Baudelaire comptait déjà à son actif un nombre impressionnant d'inventions, et presque toutes avaient honorablement fonctionné. On la voyait souvent pensive, les cheveux noués d'un ruban afin de bien dégager son front, signe qu'elle réfléchissait ferme.

— Et moi, dit Klaus, si je lisais comme ça, à la va comme je te pousse, je ne retiendrais pas un mot.

Unique garçon de la nichée, Klaus avait déjà lu, à douze ans, onze mois et vingt jours, plus de livres que la plupart des gens n'en liront en une vie entière. Dans les mauvaises passes, ses sœurs pouvaient compter sur lui pour retrouver à point nommé quelque précieux souvenir de lecture.

— Krytin! conclut Prunille.

Benjamine du trio et à peine plus grosse qu'un melon d'eau, Prunille avait, comme tant de tout-petits, son vocabulaire bien à elle, pas toujours aisé à comprendre. Ici, «Krytin!» signifiait sans doute: «Et moi, si je mordais comme ça, à la va comme je te pousse, on ne verrait même pas de traces de dents!»

Violette tira le journal sous la lampe et se mit en devoir d'inventorier les erreurs.

— Pour commencer, Duncan et Isadora ne sont pas des jumeaux. Le fait d'avoir perdu leur frère n'y change rien: ce sont des triplés.

— Évidemment, approuva Klaus. En plus, ils ont été kidnappés par le comte Olaf, pas Omar. Et encore moins par le baron Omar. Déjà, Olaf est diffi-cile à repérer, avec tous ses déguisements, mais si en plus le journal déguise son nom, on n'est pas sortis de l'auberge.

— Esmé ! ajouta Prunille.

Et elle disait vrai. Pour Esmé aussi, le journal se trompait. Les trois orphelins étaient bien placés pour le savoir ; Esmé d'Eschemizerre et son mari, Jérôme, avaient été leurs derniers tuteurs. Et le trio avait vu, de ses yeux vu, que le comte Olaf n'avait nullement enlevé Esmé. Elle l'avait suivi de son plein gré, après l'avoir secondé dans sa vilaine manigance.

— Quant à leurs « raisons inconnues », conclut Violette d'un ton sombre, c'est la meilleure ! Les raisons ne sont pas inconnues du tout. Nous les connaissons très bien. Pas besoin d'être Sherlock Holmes pour savoir ce qui pousse le comte Olaf, Esmé et tous leurs complices à commettre des actes aussi infâmes. Simplement, ce sont des gens infâmes, avec des idées fixes infâmes, un point c'est tout.

Elle reposa le journal et laissa échapper un long, long soupir. Klaus et Prunille l'imitèrent.

Ce n'était pas seulement ce qui était écrit là qui faisait soupirer les enfants. Ce qui n'était pas écrit les faisait soupirer plus encore. Il y avait tant de choses qui manquaient, dans cet article !

On n'y précisait pas, par exemple, que les parents Beauxdraps, comme les parents Baudelaire, avaient péri dans un incendie, ni qu'eux aussi avaient laissé une fortune considérable, dont le comte Olaf cherchait à s'emparer à tout prix. On n'y précisait pas que Duncan et Isadora avaient été enlevés par le comte alors qu'ils tentaient de secourir le trio Baudelaire, ni que le trio Baudelaire, par la suite, avait failli les délivrer. On n'y précisait pas que Duncan, journaliste dans l'âme, et Isadora, poétesse-née, tenaient chacun un précieux carnet de bord, ni qu'ils avaient découvert un secret dont les enfants Baudelaire ne connaissaient que les initiales, S.N.P.V. On n'y précisait pas que les Baudelaire s'interrogeaient jour et nuit sur le sens de ces quatre lettres. Mais, plus que tout, on n'y précisait pas qu'Isadora et Duncan étaient les amis des Baudelaire, leurs seuls vrais amis, ni que Violette, Klaus et Prunille se tourmentaient pour eux jour et nuit.

Naturellement, si le journaliste ne mentionnait aucun de ces faits, peut-être était-ce faute de les connaître, ou peut-être lui semblaient-ils de peu d'importance. Mais les enfants Baudelaire, eux, les connaissaient ; et pour eux, ces détails étaient de la plus haute importance.

Une quinte de toux provenant du corridor les arracha à leurs pensées moroses. M. Poe fit son apparition, le nez dans un grand mouchoir blanc.

M. Poe était le banquier chargé de veiller sur les enfants Baudelaire depuis qu'ils étaient orphelins, et j'ai le grand regret de dire qu'il était extrêmement enclin à l'erreur, expression signifiant ici : « vraiment pas doué, sauf pour tousser et pour placer les trois enfants dans des situations impossibles ».

Le premier tuteur qu'il leur avait trouvé n'avait été autre que le comte Olaf en personne, le tout dernier avait été Esmé – et entre les deux, à vrai dire, il n'avait guère été inspiré. Ce matin-là, justement, il devait indiquer aux enfants où ils allaient être envoyés. Mais pour l'heure, à part tousser, il n'avait encore rien fait d'autre que de les laisser seuls en compagnie d'un journal qui valait moins qu'une feuille de chou.

— Ah ! bonjour, les enfants, dit-il. Navré de vous avoir fait attendre, mais je suis tellement débordé, depuis ma dernière promotion ! Sans compter que de vous dénicher un foyer se révèle un sacré casse-tête.

Il gagna son bureau, enfoui sous des piles de papiers, se cala dans son fauteuil pivotant et reprit :

— J'ai donné coup de fil sur coup de fil. J'ai contacté de lointains parents à vous, divers et variés, de plus en plus éloignés... L'ennui, c'est qu'ils ont tous entendu parler des calamités qui tendent à pleuvoir partout où vous mettez les pieds. Résultat : comme on peut le comprendre, dès qu'on leur parle de vous prendre en tutelle, ils sont dans leurs petits souliers. À cause du comte Olaf, évidemment. Être dans ses petits souliers, entre parenthèses, signifie être embarrassé, nerveux – au cas où vous ne le sauriez pas.

«Bien sûr que si, on le sait», songea Klaus qui avait un jour cherché l'expression dans le dictionnaire. «Ça veut dire être mal à l'aise, comme dans des souliers trop petits.»

Mais M. Poe poursuivait:

— Il en reste encore un, un dernier, qui ne m'a pas donné sa r...

À cet instant, l'un des trois téléphones en batterie sur son bureau fit entendre une sonnerie hideuse, impérative, à vous vriller les oreilles.

— Excusez-moi, dit le banquier aux enfants, et il décrocha le combiné. Oui, Poe à l'appareil. OK. OK. OK. Bien ce que je pensais. OK. OK. Merci, M. Fagin. (Il raccrocha, cocha d'un trait un papier devant lui.) C'était ce fameux cousin à vous, justement, au dix-neuvième degré. Mon dernier espoir. J'espérais le convaincre de vous prendre chez lui, ne fût-ce qu'un mois ou deux, mais il vient de refuser. Oh! ce n'est pas que je lui jette la pierre. Moi aussi, je commence à m'inquiéter; votre réputation de fauteurs de troubles va finir par ternir l'image de notre banque...

— Mais ce n'est pas nous, les fauteurs de troubles! protesta Klaus. Le fauteur de troubles, c'est le comte Olaf.

M. Poe prit le journal que venaient de parcourir les enfants et jeta un regard à la manchette.

— En tout cas, reprit-il, je suis sûr que cet

article dans *Le petit pointilleux* va faciliter l'arrestation d'Olaf. Une fois Olaf sous les verrous, vos lointains cousins feront moins d'histoires.

— Sauf que l'article est bourré d'erreurs, souligna Violette. Même le nom du comte Olaf est faux : ils ont écrit Omar.

— Oui, cet article m'a bien déçu, soupira M. Poe. La journaliste avait dit qu'ils publieraient une photo de moi, avec une légende indiquant ma promotion. Je m'étais fait couper les cheveux exprès. Ma femme et mes garçons auraient été si fiers de me voir dans le journal ! Alors je comprends que vous soyez déçus qu'il n'y en ait que pour les jumeaux Beauxdraps, et pas un seul mot sur vous.

— Oh ! dit Klaus, ça nous est bien égal de ne pas avoir notre nom dans le journal. Et les Beauxdraps sont des triplés, pas des jumeaux.

M. Poe prit un ton sévère.

— Ils ne sont plus que deux, ce qui change tout. Mais ne nous perdons pas dans les détails. Ce qu'il nous faut à présent...

Le téléphone du milieu se fit entendre à son tour, et M. Poe s'excusa une fois de plus.

— Poe à l'appareil. Non. Non. Non. Oui. Oui. Oui. Aucune importance. Au revoir.

Ayant raccroché, il toussa longuement dans son mouchoir blanc avant de se retourner vers les enfants.

— Eh bien ! ma foi, dit-il enfin, voilà un coup de fil qui règle tout.

Les enfants échangèrent des regards empreints de doutes. Venait-on d'arrêter le comte Olaf ? Avait-on retrouvé sains et saufs Isadora et Duncan ? Quelqu'un venait-il d'inventer une machine à rembobiner le temps, et d'arracher leurs parents aux flammes ? Comment tous leurs problèmes pouvaient-ils être réglés une fois pour toutes par la simple vertu d'un coup de fil ?

— Plinn ? s'enquit Prunille.

M. Poe sourit.

— Connaissez-vous le vieil adage : « Il faut tout un village pour élever un enfant » ?

Les enfants échangèrent des regards encore un peu plus dubitatifs. Un vieil adage avant un discours, c'est rarement très bon signe. Un adage n'est jamais, au fond, qu'une poignée de mots dans un certain ordre. Rien ne justifie de le citer comme on le ferait d'une formule magique, porteuse d'une infinie sagesse.

— Je sais, reprit M. Poe, cet adage doit vous faire songer à une formule magique, mais il est porteur d'une infinie sagesse. « Il faut tout un village pour élever un enfant » signifie que, si l'on y songe, éduquer de jeunes esprits est le rôle de la communauté entière...

— Il me semble avoir lu cet adage, un jour, dans

un livre sur les pygmées Mbuti, se souvint Klaus. Vous pensez nous envoyer en Afrique ?

— Ne dis donc pas de sottises, répliqua M. Poe – comme si l'Afrique et ses millions d'habitants étaient sots par définition. Non, non, écoutez-moi bien. Au téléphone, à l'instant, c'était quelqu'un du gouvernement. Un certain nombre de petits villages de la région viennent de signer un programme d'adoption fondé sur l'adage : « Il faut tout un village pour élever un enfant. » Chacune de ces municipalités reçoit deux ou trois orphelins, et la tâche de les élever incombe à l'ensemble des habitants. Par principe, j'avoue préférer des structures familiales plus traditionnelles, mais cette solution semble néanmoins tout à fait opportune ; or le testament de vos parents précisait que vous deviez être élevés de la façon la plus opportune.

— Vous voulez dire qu'un village entier veillerait sur nous ? s'alarma Violette. Ça fait beaucoup de monde d'un coup, non ?

— Euh, j'imagine plutôt que c'est à chacun son tour, répondit M. Poe, se caressant le menton. Ce n'est pas comme si vous étiez bordés chaque soir par trois mille personnes.

— Snoïta ! déclara Prunille ; autrement dit : « Moi, le soir, je préfère être bordée par mes aînés, pas par de parfaits étrangers ! »

Mais M. Poe, qui farfouillait dans le fatras de ses papiers, ne prêta nulle attention à la remarque.

— Si j'ai bien compris, j'ai dû recevoir une brochure concernant ce programme voilà une quinzaine de jours, mais... mais il semble que je l'aie égarée. Ah! la voilà. Tenez, voyez par vous-mêmes.

Par-dessus son bureau, il tendit une brochure colorée aux enfants, qui s'empressèrent de la feuilleter, soucieux de voir par eux-mêmes.

Sur la couverture s'inscrivait, en belles lettres calligraphiées: «Il faut tout un village...» À l'intérieur, des dizaines d'enfants qui avaient la bouche fendue jusqu'aux oreilles souriaient avec tant d'application que Violette, Klaus et Prunille en avaient mal à la mâchoire pour eux. En quelques lignes, on expliquait que 99,9% des orphelins concernés étaient absolument ravis d'avoir été adoptés par des communautés entières, et que tous les villages dont la liste figurait en dernière page se faisaient d'avance un plaisir de recueillir des enfants seuls au monde.

Les enfants Baudelaire contemplèrent la brochure en silence, et ils se sentirent tout drôle, un peu comme s'ils avaient avalé chacun deux ou trois papillons vivants. Être élevés par une communauté entière? L'idée ne leur disait rien qui vaille. C'était déjà bien assez déroutant, ils le savaient d'expérience, de se retrouver aux mains de lointains oncles et tantes.

— Et... pour le comte Olaf, hésita Violette, serions-nous vraiment protégés ?

— Je dirais que oui, assura M. Poe, et il s'interrompit, le temps de tousser dans son mouchoir. Avec tout un village pour veiller sur vous, parions que vous seriez plus en sécurité que jamais. De toute manière, grâce à cet article dans *Le petit pointilleux*, le comte Omar ne devrait plus courir très longtemps.

— Olaf, rectifia Klaus.

— Oui, c'est bien ce que je disais... Maintenant, voyons. Quelles sont les communautés sur cette liste ? Tenez, si vous voulez, vous pouvez choisir l'endroit qui vous tente. Vous avez la liste au dos.

Klaus retourna la brochure et commença à lire à voix haute :

— La Falotte-sur-Rabougre... Ah non, merci bien ! C'est là qu'est la scierie Fleurbon-Laubaine. On n'en a pas un très bon souvenir.

— Croubix, commenta Prunille ; autrement dit : « Je ne remettrais pas les pieds là-bas pour tout l'ivoire de l'Asie. »

— Morfonds, poursuivit Klaus. Ce nom me rappelle quelque chose.

— Normal, se souvint Violette. C'est tout près de l'endroit où habitait l'oncle Monty... Non, n'allons pas là-bas, d'accord ? Ça nous rappellerait trop le chagrin de l'avoir perdu.

— Oui, dit Klaus. Sans compter que c'est sur la route de Pouillasses, avec ses odeurs de moutarde. Ah ! voilà un nom inconnu : Pottoley.

— Éliminé, coupa M. Poe. Pas question de vous envoyer là où la banque Perrett a son siège ! De tous nos concurrents, c'est le pire. Je refuse d'avoir à passer devant chez eux chaque fois que je viendrai vous voir.

— Tzougi, fit Prunille ; autrement dit : « Grotesque. »

Mais Klaus, avec un petit coup de coude, lui montra le nom suivant, et Prunille s'écria :

— Tzoubi !

Autrement dit : « Oh oui ! d'accord ! »

— Tzoubi, absolument, approuva Klaus.

Et il fit voir à Violette la raison de leur enthousiasme.

Violette eut un petit « Oh ! » et les trois enfants se turent.

Une fois de plus, ils se sentaient tout drôle. Mais cette fois, c'était une façon agréable de se sentir tout drôle – c'était ce petit creux au ventre qui, parfois, accompagne un rayon d'espoir.

Peut-être, oui, peut-être venaient-ils enfin de faire leur meilleure lecture du jour. Car au bas de la liste des villages adoptants, au-dessous de La Falotte, de Morfonds, de Pottoley et compagnie s'inscrivait le mot le plus important que les enfants aient lu de la matinée. Oh ! ce n'était qu'un nom de municipalité, un nom au milieu des autres. Mais ce nom tenait en quatre lettres, quatre lettres calligraphiées.

S.N.P.V.

CHAPITRE
2

Quand on monte à bord d'un autocar, il y a toujours une grave décision à prendre. Où vaut-il mieux s'installer : côté allée, côté fenêtre ou siège du milieu ?

L'avantage de l'allée, c'est qu'on peut se lever à sa guise pour se dégourdir les jambes ; l'inconvénient, c'est qu'on est sans cesse bousculé par les gens qui se dégourdissent les jambes, sans parler de tout ce qu'on reçoit au passage – miettes de casse-croûte variés, débordements de boissons ou fonte de chocolat glacé.

L'avantage du côté fenêtre, c'est qu'on peut regarder le paysage ; l'inconvénient, c'est qu'on a surtout vue sur la poussière de la vitre, les zébrures de pluie ou la buée.

Quant au siège du milieu, qui n'offre strictement aucun avantage, il présente l'inconvénient de vous placer en sandwich entre vos voisins somnolents, qui finiront toujours par s'écrouler sur vous.

Le mieux serait, bien sûr, de louer une voiture climatisée ou de faire le voyage à dos de mulet. Mais les enfants Baudelaire, hélas ! avaient la tire-lire trop légère pour louer une voiture climatisée, et le voyage à dos de mulet aurait pris des jours et des jours. C'est donc en autocar qu'ils roulaient vers leur nouvelle destination.

Les trois enfants avaient redouté de devoir parlementer des heures pour convaincre M. Poe de les envoyer à S.N.P.V. De tous les petits villages du programme, c'était le plus éloigné. Mais la chance avait joué en leur faveur. Juste comme Violette cherchait ses mots, l'un des téléphones de M. Poe avait stridulé. Le temps de raccrocher et le banquier, la tête ailleurs, n'avait même pas songé à discuter. Il s'était hâté de passer les coups de fils nécessaires à la conclusion de l'affaire, hâté de régler tant bien que mal les petits détails matériels, puis il avait conduit les enfants – toujours en hâte – à la gare routière.

Là, sans même proposer de les accompagner (ce qui aurait été la moindre des choses), il les avait mis dans l'autocar, avec instruction formelle de se rendre tout droit à l'hôtel de ville dès leur arrivée, et non sans leur arracher la promesse de ne rien faire qui pourrait ruiner la réputation de sa banque.

En moins de temps qu'il n'en faut pour le dire, Klaus s'était retrouvé côté fenêtre, à contempler le paysage au travers d'une couche de crasse; Violette s'était retrouvée côté allée, la place de tous les dangers; et Prunille au milieu où, bordée de deux accoudoirs à ronger, elle courait le risque de se faire écraser par ses aînés assoupis.

— Pacroul! avait prévenu la petite, sévère.

Surprenant à présent son frère à bâiller, au bout de deux ou trois heures de route, elle répétait avec conviction:

— Pacroul!

— Sois tranquille, Prunille, lui répondit Klaus gentiment. On ne s'écroulera pas sur toi, promis. De toute manière, pour dormir, c'est trop tard. Sauf erreur, on est presque arrivés.

— C'est tout de même un peu fort, dit soudain Violette. On ne sait toujours pas à quoi correspond cette abréviation, S.N.P.V. Ni sur la brochure ni à la gare routière, le nom n'était écrit en entier. Seulement ces quatre lettres et rien d'autre.

— Et idem sur les panneaux de signalisation routière, ajouta Klaus. Comme si tout le monde savait. Vous ne croyez pas qu'on aurait dû tout dire à M. Poe, finalement ? Peut-être qu'il aurait pu nous aider.

Violette fit la moue.

— Lui ? Tu parles ! Pour ce qu'il nous a aidés, jusqu'ici... Oh ! que je voudrais revoir Isadora et Duncan ! Eux sauraient nous répondre, au moins.

— Oui, soupira Klaus. Même s'ils ne savaient rien, je donnerais cher pour les revoir.

Les trois enfants se turent. À quoi bon en dire plus ? Ils se faisaient un sang d'encre pour leurs amis Beauxdraps. Et pourtant, en silence, chacun d'eux espérait. En principe, chaque tour de roue les rapprochait de la solution de l'énigme. À S.N.P.V., enfin, ils allaient comprendre le fin mot de l'affaire ; à partir de là, ils trouveraient bien le moyen de sauver leurs amis.

— S.N.P.V. ! annonça brusquement le chauffeur par-dessus son épaule. Prochain arrêt, S.N.P.V. ! Regardez là-bas, m'ssieurs-dames, sur la gauche : on commence à apercevoir le village.

Violette se pencha vers Klaus.

— Tu vois quelque chose ? C'est comment ?

— Plat comme une galette, répondit Klaus, lorgnant le paysage à travers la crasse. Et nu comme le dos de la main.

Violette et Prunille allongèrent le cou. Leur frère disait vrai. Le paysage ressemblait à un dessin raté, comme si une main avait tracé l'horizon – la ligne de partage entre terre et ciel –, puis renoncé à dessiner le reste. Un sol couleur de hareng fumé s'étalait à perte de vue, à ce détail près qu'en fait de vue, il n'y avait strictement rien à voir, excepté, de temps en temps, quelque vieux papier qui traînait sur le bas-côté de la route et qui tentait mollement de s'envoler au passage de l'autocar.

— Je ne vois ni ville, ni village, ni rien, dit Klaus. Vous croyez que S.N.P.V. est un truc souterrain ?

— Novedri ! se récria Prunille ; autrement dit : « Vivre comme des taupes ? Merci bien ! »

— Je me demande... commença Violette, clignant des yeux. Je me demande... Ce ne serait pas ça, là-bas ? Regardez : cette espèce de tache floue, qui a un peu l'air de danser. On dirait de la fumée noire au ras de l'horizon, mais ça pourrait être aussi des bâtiments, vus de très loin.

— Je ne vois rien du tout, persista Klaus. Mais bon, j'ai cette grosse traînée sur la vitre, mal placée... Un tache floue qui danse, dis-tu ? Ça pourrait être un *fata morgana*.

— *Fata* ? s'enquit Prunille.

— *Morgana*, compléta Klaus. C'est le nom d'une espèce de mirage. Tu sais ce que c'est qu'un mirage, au moins ? C'est quand nos yeux nous jouent des tours, par temps chaud. Bon, c'est un peu compliqué à expliquer, mais en gros, ça se produit sur un sol échauffé, une histoire de couches d'air brûlant alternées avec des couches d'air froid, et de réfraction de la lumière à travers ces couches d'air...

— Un mirage, se souvint Violette, c'est bien ce qui donne l'impression que la route est mouillée, quand il fait très chaud, alors qu'en réalité elle est sèche ? On croit voir miroiter des espèces de reflets...

— Oui, et un *fata morgana*, c'est la même chose en plus prononcé. Ça fait voir des châteaux, des villes. Je crois que ça se produit surtout au-dessus de la mer, mais je trouve le mot « *fata morgana* » bien plus joli que le mot « mirage ».

— Moi aussi, dit Violette, mais espérons quand même que, dans notre cas, ce n'est ni un mirage ni un *fata morgana*. Espérons que c'est bien S.N.P.V.

— S.N.P.V. ! lança le chauffeur de l'autocar en freinant. S.N.P.V., une minute d'arrêt !

Les enfants Baudelaire se levèrent, ils rassemblèrent leurs maigres bagages et s'avancèrent le long de l'allée en direction de la sortie. Mais devant la porte ouverte, ils se figèrent tous les trois et contemplèrent, pris de doutes, ce paysage en assiette vide.

Violette se tourna vers le chauffeur.

— Excusez-moi... C'est ici l'arrêt pour S.N.P.V. ? Je croyais que S.N.P.V. était un village – je veux dire, une municipalité ?

— Mais c'est une municipalité, répondit le chauffeur. Marchez jusqu'à cette brumaille sombre que vous voyez là-bas, sur l'horizon. Je sais bien, on dirait plutôt... J'ai oublié le mot, un truc pour dire que nos yeux nous jouent des tours. Mais c'est bel et bien un patelin.

— Vous ne pourriez pas nous conduire juste un peu plus près ? hasarda Violette. Notre petite sœur n'a pas de grandes jambes, et ça a l'air de faire une trotte.

— Désolé, repondit le chauffeur, les yeux sur Prunille et l'air authentiquement désolé, mais, là-bas, le Conseil des anciens ne plaisante pas avec le règlement. C'est ici que je dois faire descendre les passagers pour S.N.P.V. Ici et pas ailleurs. Si je m'approchais davantage, je risquerais de le payer cher.

— Conseil des anciens ? s'étonna Klaus. C'est quoi ?

— Dites ! ronchonna quelqu'un à l'arrière de l'autocar. Ils descendent, les gamins, ou quoi ? Avec cette porte grande ouverte, ils laissent entrer tous les insectes !

— Il faut descendre, les enfants, dit le chauffeur gentiment, et les trois enfants descendirent.

Les portes de l'autocar se refermèrent en chuintant et, avec un petit salut de la main, le chauffeur redémarra.

Et les enfants se retrouvèrent seuls dans ce paysage dénudé, plat comme une pâte à pizza. Ils regardèrent l'autocar rapetisser sur la route, puis ils se tournèrent à nouveau vers ce flottement noirâtre, au loin, où ils étaient censés aller vivre.

— Ah! ça y est, dit Klaus, clignant des yeux derrière ses lunettes. Maintenant, je le vois, ce brouillard dont tu parlais, Violette. Mais c'est complètement dingue! Il va nous falloir des heures pour aller là-bas à pied.

— Raison de plus pour nous mettre en marche tout de suite, déclara Violette, perchant leur petite sœur sur sa valise à roulettes. Une chance qu'on a ce truc-là pour te transporter, Prunille. La suspension n'est peut-être pas terrible, mais c'est toujours mieux que rien.

— Gradzié, fit Prunille; autrement dit: « C'est vraiment gentil à toi. »

Et les trois enfants entamèrent leur longue marche en direction de la tache sombre qui frémissait, là-bas, au ras de l'horizon.

Le trajet en autocar n'avait pas été une partie de plaisir, mais, au bout d'un petit kilomètre dans ce décor désolé, les enfants Baudelaire durent admettre que les désagréments de l'autocar, à côté de la fin du voyage, n'avaient été que de la petite bière.

La « petite bière », vous le savez sans doute, n'a pas grand rapport ici avec la boisson amère que vous ne buvez pas, j'espère, si vous n'avez pas l'âge d'en boire. Ce n'est qu'une expression signifiant qu'une chose paraît bien légère comparée à une autre nettement plus forte, plus corsée. Par exemple, une averse au milieu d'un pique-nique n'a jamais fait plaisir à personne. Mais si, par-dessus le marché, vous vous retrouvez nez à nez avec une meute de chiens enragés, la pluie vous semblera de la petite bière à côté de ces gueules pleines de crocs.

En tout cas, c'est le sentiment qu'eurent les enfants Baudelaire ce jour-là. Les inconforts du trajet en autocar n'étaient que de la petite bière auprès des nouveaux inconforts de la dernière partie du trajet.

Faute de trouver à qui s'en prendre sur cette plaine sans même un buisson, le vent concentrait ses efforts sur Violette, et avant longtemps l'aînée des Baudelaire eut les cheveux si emmêlés qu'on aurait cru qu'ils n'avaient jamais vu un peigne. Klaus, qui marchait derrière elle, était un peu abrité du vent, mais la poussière soulevée par son aînée, faute de trouver où se plaquer dans ce paysage désolé, se concentrait sur lui avec rage, et avant longtemps il fut plus encrassé que s'il n'avait jamais pris de douche de sa vie. Quant à Prunille, juchée sur la valise à roulettes, elle était protégée de la poussière, mais le soleil, faute de trouver que rôtir encore dans ce décor boucané, concentrait tous ses efforts sur elle, et avant longtemps la petite fut plus caramélisée que si elle venait de passer six mois sur une plage des tropiques.

Mais le trio avait beau marcher, marcher, la tache sur l'horizon avait beau grossir, grossir, elle ressemblait toujours à une brume tremblotante. Il n'y avait rien d'autre à voir qu'une traînée sombre, instable et floue, comme peinte sur une banderole ondulant au vent.

Enfin, des formes se dessinèrent, de vagues silhouettes de maisons, de poteaux, de lampadaires, mais curieusement, le tout restait sombre et ondoyant. Les toits ondoyaient, le sommet des lampadaires ondoyait, tout semblait agité d'un étrange frémissement. Vu de loin, c'était comme une illusion d'optique, un phénomène inexplicable. Mais lorsque les enfants, à force d'approcher, eurent enfin l'explication, ils n'éprouvèrent pas le soulagement que procure d'ordinaire l'inexplicable expliqué.

Le village était noir de corbeaux. Couvert, nappé, enrobé de corbeaux à perte de vue. Tout, excepté les surfaces verticales, disparaissait sous une chape de grands oiseaux noir bleuté, qui observaient d'un œil soupçonneux les trois arrivants plantés là, au milieu de la grand-route. C'est simple, il y avait des corbeaux partout : sur les toits, sur les gouttières, les rebords de fenêtre, les marches d'escalier ; il y en avait dans les arbres, sur les trottoirs, sur la

chaussée, perchés sur les lampadaires, les ensei-
gnes, les clôtures ; il y en avait même cinq ou six
sur le panneau indiquant « Hôtel de ville », avec une
flèche qui pointait droit sur une rue tapissée de
corbeaux.

Les corbeaux, comme chacun sait, croassent.
Aucun de ceux-là ne croassait, aucun ne roucou-
lait non plus, et pourtant l'air était bruissant de
corbeaux – froissements d'ailes, froufrous de plumes,
crissements de griffes, claquements de becs. Il faut
dire que ces volatiles ne tenaient guère en place.
À chaque instant, l'un d'eux décidait qu'il en avait
assez d'être perché sur une poignée de porte et qu'il
serait infiniment mieux sur une corde à linge. Un
autre était saisi d'une brusque envie de se dégourdir
les ailes et, par contagion sans doute, ils étaient
bientôt dix, vingt, cent à s'ébrouer vigoureusement,
comme s'ils avaient des fourmis dans les plumes.
Même les plus placides d'entre eux n'arrêtaient pas
de se trémousser, de changer d'appui d'une patte
sur l'autre, de chercher la meilleure position dans
son étroit espace alloué. Et voilà pourquoi, de loin,
l'horizon avait paru trembloter.

Un long moment, les trois enfants restèrent
cloués sur place, rassemblant leur courage avant de
se risquer au milieu de cet océan d'oiseaux noirs.

— J'ai lu des choses sur les corbeaux, dit Klaus.
Ce sont des oiseaux inoffensifs.

— Oui, je sais, dit Violette. Simplement, c'est un peu inattendu d'en voir autant à la fois. Mais il n'y a pas de quoi fouetter un chat. Franchement, c'est de la petite bière.

— Zimuster, renchérit Prunille.

Pourtant, aucun des trois ne fit un pas en avant.

Les corbeaux étaient inoffensifs, certes ; il n'y avait pas de quoi fouetter un chat, assurément ; et zimuster sans l'ombre d'un doute – ce qui signifiait, en gros : « Il faudrait être bien nigaud pour avoir peur d'une bande d'oiseaux. » Malgré tout, les enfants avaient la nette impression d'avoir affaire à de la bière forte, et même à de la bière très forte.

À leur place, je le sais, je n'aurais pas bougé d'une patte. Je serais resté planté là jusqu'à la fin de mes jours, plutôt que de faire un pas dans ces rues envahies de corbeaux. Mais les enfants Baudelaire étaient d'une autre trempe. Au bout de quelques minutes, ils avaient, à eux trois, rassemblé suffisamment de courage pour s'avancer vers ces oiseaux, puis au milieu d'eux, dans la direction indiquée.

— Ce n'est pas si difficile, finalement, dit Violette à mi-voix, de peur de perturber les volatiles. Bon, ce n'est pas tout à fait de la petite bière, mais il suffit de bien regarder où on pose les pieds.

— Exact, reconnut Klaus, évitant de justesse d'écraser une queue noire. D'ailleurs, ils s'écartent un tout petit peu quand on passe.

— Rakah, compléta Prunille pour qui la tâche était plus délicate, puisqu'elle avançait à quatre pattes.

Ce qui signifiait, en substance : « C'est un peu comme de marcher à travers une foule de lilliputiens, silencieux mais très polis. »

Avant longtemps, ils atteignirent une place, face à un grand bâtiment sévère, lui aussi garni de corbeaux, du moins partout où des griffes de corvidé trouvaient de quoi s'agripper. « Ô de vi », annonçait le fronton, du haut duquel sept gros corbeaux, masquant le reste de l'inscription, surveillaient les orphelins de leurs petits yeux auxquels rien n'échappait.

Violette, qui s'apprêtait à frapper à la porte, se figea, main en l'air.

— Qu'est-ce qui t'arrive ? demanda Klaus.

— Oh rien, chuchota-t-elle. Je me sens juste un peu – comment dire ? – dans mes petits souliers. Tu comprends, c'est la mairie de S.N.P.V. Derrière cette porte, si ça se trouve, se cache la clé du mystère, la clé de tous nos malheurs et de ceux de nos amis...

— Il vaudrait peut-être mieux ne pas se faire trop d'idées, dit Klaus. Boulevard Noir aussi, rappelle-toi, on pensait tenir la clé du mystère. Et patatras ; ce n'était pas le bon S.N.P.V. Qui dit que, cette fois-ci, c'est le bon ?

— Mais ça pourrait l'être, insista Violette. Et si ça l'est, il vaut mieux être prêts. Va savoir ce qui nous attend derrière cette porte ! Peut-être quelque chose d'abominable...

— Sauf si ce n'est pas le bon S.N.P.V., fit valoir Klaus. Si ça ne l'est pas, inutile d'être prêts.

— Gakso ! trancha Prunille, autrement dit : « Pourquoi discuter ? Pour savoir si c'est le bon S.N.P.V., il faut frapper à la porte ! »

Et, se coulant entre leurs jambes, elle tambourina contre le battant de toute la force de ses petits poings.

— Entrez ! lança une voix solennelle.

Les enfants poussèrent la porte et se retrouvèrent dans une grande salle au plafond très haut, avec un parquet ciré très brillant, un banc de bois très long et, aux murs, des tableaux très noirs – qui se révélèrent tous être des portraits de corbeaux. Face au banc se dressait une petite estrade sur laquelle se tenait une silhouette, et derrière l'estrade s'alignaient des chaises pliantes, une centaine au moins, desquelles les occupants se tordaient le cou vers les arrivants. Mais les enfants Baudelaire n'avaient d'yeux que pour les occupants du banc.

Là étaient assises, raides comme la justice, vingt-cinq personnes qui présentaient au moins deux traits communs.

Le premier était leur grand âge : à en juger par les rides, la benjamine – une petite dame assise en bout de banc – devait friser le centenaire, et tous les autres semblaient bien avoir soufflé cent dix bougies au moins.

Mais leur deuxième trait commun était beaucoup plus fascinant. À première vue, on aurait cru que des corbeaux venus de la rue s'étaient perchés sur le crâne de ces vénérables citoyens. Mais à mieux y regarder, on voyait que ces volatiles ne clignaient pas des yeux, et les enfants, à leur stupeur, découvrirent qu'il s'agissait de chapeaux, de drôles de chapeaux en forme de corbeaux. Ces couvre-chef étaient si étranges que le trio, l'espace d'une minute, ne put en détacher les yeux.

— Seriez-vous par hasard les orphelins Baudelaire ? s'enquit d'une voix cassée l'un des vieux messieurs sur le banc. Son chapeau, à chacun de ses mots, semblait battre des ailes mollement. On nous avait dit que vous arriviez, mais on ne nous avait pas dit que vous auriez si piteuse mine. Je n'ai jamais vu de gamins aussi ébouriffés, aussi crasseux, aussi rougis par le soleil. Êtes-vous certains d'être les orphelins qu'on nous avait annoncés ?

— Oui, répondit Violette. Je suis Violette Baudelaire, et je vous présente mon frère, Klaus, et notre petite sœur, Prunille. Désolés si nous...

— Silence ! chevrota une voix à l'autre bout du banc. Votre cas n'est pas à l'examen pour l'instant. La règle n° 492 est très claire : le Conseil ne doit examiner que le sujet en cours. Quelqu'un a-t-il une question à poser à propos de Mme Luciana, notre nouvel officier de police municipal ?

— Oui, moi, j'ai une question, lança un monsieur en pantalon à carreaux assis sur l'une des chaises pliantes. Je voudrais savoir ce qu'est devenu notre ancien officier de police. Il me plaisait bien.

La silhouette plantée sur l'estrade leva une main gantée de blanc et les enfants Baudelaire posèrent les yeux sur elle. C'était une femme de grande taille, bottée de noir jusqu'aux genoux, avec un badge étincelant sur le revers de sa veste bleue, et coiffée d'un casque de motard à la visière rabattue sur les yeux. De son visage, on ne voyait que la bouche, bardée de rouge à lèvres fluo.

— Votre ancien officier de police souffre de maux de gorge, répondit-elle, tournant son casque vers son interlocuteur. Il a avalé quelque chose de travers – une punaise ou un clou, un objet contondant. Mais ne perdons pas de temps sur ces détails. Je suis votre nouvel officier de police et j'entends faire en sorte que tout délinquant soit puni. Votre beau village a ses règles, et tout contrevenant sera châtié comme il se doit. Je ne vois rien d'autre à ajouter.

— Entièrement d'accord, approuva l'ancien qui avait parlé le premier – et, sur les chaises pliantes, les têtes hochèrent avec ardeur. Le débat concernant notre nouvel officier de police est donc clos.

Hector, veuillez amener ces orphelins sur l'estrade afin que nous examinions leur cas.

Avec un sourire peinturluré, la dame au casque de motard descendit de l'estrade, tandis qu'une grande perche grisonnante, en bleu de travail fripé, se levait de sa chaise. Tête basse, il vint se planter devant les enfants et, sans un mot, il désigna d'abord le Conseil des anciens, puis l'estrade à présent libre.

Les enfants auraient mieux aimé un peu plus de chaleur dans l'accueil, mais ils comprirent ce qu'on attendait d'eux. Dociles, Violette et Klaus gravirent les marches de l'estrade, hissant Prunille entre eux deux.

Une dame à chapeau-corbeau prit alors la parole :

— Nous examinons à présent le tutorat des orphelins Baudelaire. En vertu du nouveau programme mis en place par le gouvernement, le village de S.N.P.V. tout entier prend pour pupilles ces trois enfants. Y a-t-il des questions à ce propos ?

— Oui, fit une voix vers le fond de la salle. S'agit-il des orphelins Baudelaire mêlés à cette histoire d'enlèvement par un certain comte Omar ?

Les enfants scrutèrent des yeux le fond de la salle et virent une dame en peignoir fuchsia brandir avec véhémence un exemplaire du *Petit pointilleux*.

— Parce que dans le journal, reprit la dame en rose, ils disent que ce sinistre individu n'arrête pas de suivre ces enfants partout. Et moi, qu'il soit comte ou baron, je ne veux pas de ce personnage chez nous !

— Nous avons pris toutes les précautions nécessaires, Mme Endemain, la rassura un membre du Conseil des anciens. Nous allons vous en fournir le détail. Bien. Un tuteur tient lieu de parent, et, de même qu'il est tout normal qu'un parent confie diverses tâches à un enfant, de même un enfant doit se rendre utile pour son tuteur. Par conséquent, enfants Baudelaire, vous recevrez vos instructions de notre bon village entier. À partir de demain, vous exécuterez gentiment ce que chacun vous demandera de faire.

Les enfants s'entre-regardèrent.

— Je vous demande pardon, hésita Klaus, mais il n'y a que vingt-quatre heures dans une journée, et vous êtes apparemment plusieurs centaines d'habitants. Comment trouverons-nous le temps de tout faire ?

— Si-lence ! s'écrièrent en chœur plusieurs chapeaux-corbeaux, et la dame la moins ratatinée compléta :

— La règle n° 920 est très claire : sur l'estrade, il est interdit d'ouvrir la bouche, à moins d'être de la police. Vous n'êtes pas de la police, alors taisez-vous ! Écoutez plutôt. En raison des corbeaux, votre programme de la journée s'établira comme suit : le matin, les oiseaux occupent la rive gauche, vous effectuerez donc les corvées de la rive droite afin de ne pas les déranger. L'après-midi, comme vous pouvez le constater, ils occupent la rive droite, donc vous effectuerez les corvées de la rive gauche. Vous serez priés d'accorder un soin tout particulier à notre fontaine neuve. Elle est superbe, et doit être maintenue impeccable. Le soir, les corbeaux vont se percher dans l'arbre Jamaisplus, à l'écart du village, donc, de ce côté-là, pas de problème. Quelqu'un a-t-il une question ?

— Oui, moi, annonça le monsieur en pantalon à carreaux, bondissant comme un ressort. Où ces trois-là vont-ils loger ? Tout un village pour élever un enfant, c'est bien gentil, mais pas d'accord pour les prendre chez moi ! Les enfants, c'est bien trop bruyant.

— Chez moi non plus ! s'écria Mme Endemain. Qu'ils se rendent utiles, c'est une excellente chose ; mais je n'en veux pas sous mon toit. Les enfants, ça met la pagaille.

Un concert de voix s'éleva :

— Bien parlé !

Et « bien parlé » signifiait ici : « Moi non plus, je n'en veux pas chez moi, de ces petits Baudelaire. Les gamins, c'est trop remuant, c'est salissant, c'est envahissant... »

Un ancien leva les deux mains pour prendre la parole.

— Allons, allons ! Pourquoi tant d'histoires ? La question est réglée d'avance : ces enfants logeront chez Hector. Un homme à tout faire, ça sert à ça. À lui de les nourrir, de les loger, de les blanchir, à lui de s'assurer qu'ils font ce qu'on leur dit, à lui de leur enseigner les règles – qu'ils ne commettent plus d'horreurs comme de prendre la parole sur l'estrade.

— Oui, et que ça ne se reproduise pas ! grommela l'homme en pantalon à carreaux.

— Enfants Baudelaire, écoutez bien ! lança une très vieille dame sur le banc des anciens, étirant son cou de tortue au risque de perdre son chapeau-corbeau. Avant que notre intendant ne vous emmène, je suis sûre que vous vous posez des questions, vous aussi. Dommage que vous ne soyez pas autorisés à parler, sinon vous nous diriez ce qui vous tracasse. Mais je peux vous rassurer sur un point : M. Poe nous a tout dit, au sujet de ce méchant comte Olaf...

— Omar ! rectifia Mme Endemain. Comte Omar !

— Silence ! répliqua la vieille dame. Oui, enfants Baudelaire, je suis sûre que vous vous tracassez, à propos du comte Olaf. Mais nous sommes vos tuteurs et nous vous protégerons. D'ailleurs, nous avons promulgué une nouvelle règle, la règle n° 19833. Elle précise clairement qu'aucun criminel n'est admis dans l'enceinte de notre village.

— Bien parlé ! approuvèrent les anciens, rivés à leurs chaises pliantes.

Et ils hochèrent la tête comme un seul homme, les chapeaux-corbeaux oscillant en cadence.

— Plus de questions ? Parfait, conclut l'ancien à la voix de chèvre. Hector, si vous voulez bien emmener ces enfants...

Sans cesser de contempler ses pieds, l'homme en bleu de travail regagna l'estrade et, sans un mot, guida les enfants hors de la salle.

Tout en pressant le pas pour le suivre – l'homme avait de très longues jambes –, les enfants s'interrogeaient. Hector n'avait pas ouvert la bouche. Renâclait-il à l'idée de s'occuper d'eux ? Était-il furieux contre le Conseil des anciens ? Ou était-il muet, simplement ? Son silence leur rappelait l'un des complices du comte Olaf, celui qui semblait n'être ni homme ni femme, et qui ne parlait jamais. Prudents, ils gardaient leurs distances. Un homme aussi étrange ne leur inspirait pas confiance.

Ils débouchèrent à nouveau sur la rue noire de corbeaux. Hector referma derrière eux la porte de l'hôtel de ville, puis il laissa échapper un soupir interminable. Les enfants se retournèrent. C'était le premier son en provenance de l'intendant. Alors il les regarda tour à tour avec un sourire timide.

— Ouf ! fit-il d'un ton très doux. Je suis toujours un peu dans mes petits souliers, moi, à l'assemblée. C'est le Conseil des anciens qui me fait cet effet. Toutes ces règles strictes, nom d'une pipe ! Du coup, je n'ose pas ouvrir la bouche, j'ai toujours peur de me mettre dans mon tort. Par bonheur, sitôt dehors, ça va mieux. Bien. Apparemment, nous allons passer pas mal de temps ensemble, vous et moi, alors autant mettre au point tout de suite deux ou trois petits détails. *Primo*, appelez-moi Hector, d'accord ? *Deuxio*, j'espère que vous aimez la cuisine mexicaine, parce que c'est ma petite spécialité. *Tertio*, je veux absolument vous montrer quelque chose de merveilleux, et c'est juste le moment, le soleil s'apprête à se coucher.

C'était vrai. La lumière du jour s'était doucement teintée d'orangé, et la boule rouge du soleil sombrait derrière l'horizon, là-bas, tout au bout de la rue.

— C'est joli, commenta poliment Violette, qui n'avait jamais compris pourquoi certains faisaient tout un plat des couchers de soleil.

— Chuuut, dit Hector. Ce n'est pas ça le plus intéressant. Restez sans bouger un instant, sans rien dire, sans respirer fort, et observez les corbeaux. Vous allez voir.

— Voir quoi ? chuchota Klaus.

— Chut, répéta Hector.

Et ils virent.

Quand les anciens avaient parlé du train-train quotidien des corbeaux – le matin ici, l'après-midi là –, les enfants n'avaient prêté qu'une oreille distraite, ou plutôt ils n'avaient pas prêté d'oreille du tout. Ils n'en avaient eu que pour les corvées annoncées, si bien que pas un instant ils n'avaient songé à l'effet que pouvait produire l'envol soudain de milliers d'oiseaux décidant d'aller voir ailleurs. Or, la chose faisait de l'effet, beaucoup d'effet.

C'est l'un des corbeaux les plus gros, un patapouf sur un piquet, qui donna le signal du départ. Il – ou elle, c'était difficile à dire, surtout de loin – déploya ses grandes ailes noires, décolla de son perchoir et, avec un bruissement doux, se mit à décrire un vaste cercle au-dessus de la tête des enfants. En le voyant faire, un congénère quitta son appui de fenêtre pour le rejoindre dans les airs, aussitôt suivi d'un troisième qui déserta sa boîte aux lettres, imité de trois autres en provenance d'une bouche d'incendie, et brusquement des dizaines, des centaines de corbeaux s'élevèrent dans les airs et se mirent à tournoyer sans hâte, en formation serrée, avec de superbes virages sur l'aile.

Et la rue apparut à nu, dépouillée du manteau noir qui en avait masqué les contours. La chaussée, les trottoirs, les toits, tout était net de corbeaux, on pouvait enfin voir le sol et à quoi ressemblait l'endroit – mais les enfants ne regardaient pas. Nez en l'air, ils contemplaient la nuée d'oiseaux, ce nuage mouvant, ondoyant, qui traçait dans le ciel du soir un somptueux cercle noir.

— N'est-ce pas que c'est beau ? s'écria Hector, ouvrant ses longs bras d'araignée. N'est-ce pas que c'est merveilleux ?

Les trois enfants acquiescèrent en silence, sans quitter des yeux l'écheveau de corbeaux en plein ciel, toujours plus haut, toujours plus ample et plus majestueux.

On aurait dit de l'encre vivante, un croquis tracé au pinceau. Le froufrou des ailes faisait songer à des milliers de pages feuilletées en même temps, et les enfants n'auraient su dire ce qui caressait leurs visages, le vent du soir ou l'air brassé par des millions de grandes plumes.

Un bref instant, un instant de grâce, il leur sembla que voler devait être chose facile, il leur sembla qu'eux-mêmes pouvaient en faire autant. Oh ! s'envoler à tire-d'aile, loin, très loin du comte Olaf, et se joindre à la ronde des corbeaux tournoyant dans le ciel du soir !

CHAPITRE
3

— N'est-ce pas que c'était merveilleux ?
répéta Hector lorsque les corbeaux, brisant le
cercle, s'éloignèrent en gros nuage noir
en direction du couchant. N'est-ce pas
que c'était fabuleux ? « Fabuleux », je
ne sais pas si vous le savez, signifie
exactement la même chose que
« merveilleux ».

— Oui, reconnut Klaus, se
retenant d'ajouter qu'il
connaissait le mot

« fabuleux » depuis l'âge de neuf ans et demi, et qu'à son avis le sens n'était pas tout à fait le même que celui de « merveilleux ».

— J'assiste à ce spectacle tous les soirs, reprit Hector, et je ne m'en lasserai jamais. Bon, mais il m'ouvre l'appétit, aussi, pas vous ? Qu'allons-nous manger ce soir ? Que diriez-vous d'*enchiladas* au poulet ? C'est un plat mexicain, fait avec des *tortillas* de maïs – vous savez ce que c'est que des *tortillas*, au moins ? Ce sont de petites crêpes épaisses, qu'on replie sur une farce au choix. Les miennes sont à la farine de maïs et je les garnis d'une farce au poulet. Ensuite, je recouvre le tout de fromage fondu et d'une sauce inédite, dont je tiens le secret de la maîtresse d'école qui m'a appris à lire. Et après ça, hop ! au four. Qu'en pensez-vous ?

— Ça a l'air drôlement bon, dit Violette.

— À la bonne heure ! se réjouit Hector. J'ai toujours eu horreur des gens difficiles. Bon, maintenant, que je vous prévienne : d'ici à chez moi, il y a une petite trotte. Mais faire la causette en marchant raccourcira le chemin. Tenez, donnez-moi vos bagages, et, à vous deux, vous pourrez porter votre petite sœur. Vous êtes venus à pied depuis l'arrêt de l'autocar et, à mon avis, cette petite a pris assez d'exercice pour la journée.

D'un geste résolu, il empoigna d'une main le sac de Klaus, de l'autre, la valise à roulettes de Violette, et se mit en marche dans la rue, désormais sans trace de corbeaux – hormis une plume par-ci, par-là, et les habituelles signatures que tendent à laisser les oiseaux. Haut dans le ciel, un peu plus loin, les corbeaux amorçaient un virage serré sur la gauche, et Hector enchaîna, en les désignant du menton :

— Je ne sais pas si vous connaissez l'expression « à vol d'oiseau ». C'est une façon de dire « en droite ligne », donc « par le plus court chemin ». À vol d'oiseau, l'endroit où nous allons – l'endroit où j'habite – est à deux petits kilomètres à peine. Et nos corbeaux, vous savez où ils vont ? À peu près au même endroit que nous ! Ils passent la nuit perchés dans un arbre au fond de mon jardin, le grand Jamaisplus. Mais ils seront là-bas avant nous. Eux y vont à vol d'oiseau ; nous, pour sortir de S.N.P.V., nous devons suivre les rues.

Violette s'éclaircit la voix.

— Euh, Hector, hésita-t-elle, on se demandait… Que signifie S.N.P.V., au juste ? C'est l'abréviation de quoi ?

— Oui, s'il vous plaît, renchérit Klaus, on aimerait vraiment bien le savoir.

— Oh ! je vais vous le dire, répondit Hector. Ce n'est pas un secret d'État, ni même un secret du tout. C'est encore une des lubies des anciens.

Les trois enfants se regardèrent en coin.

— C'est-à-dire ? risqua Klaus.

— Voilà. C'est simple. Il y a très longtemps – trois cent dix ans environ –, un groupe d'explorateurs découvrit ici un vol de corbeaux, les arrière-arrière-arrière-arrière-arrière-grands-parents de ceux que vous venez de voir. Ces explorateurs furent fascinés par les coutumes de ces oiseaux, cette façon de se déplacer toujours ensemble, et se poser toujours aux mêmes endroits suivant le moment de la journée. Le matin, ils sont rive gauche ; l'après-midi, rive droite ; la nuit, dans le grand Jamaisplus. C'est un rituel inusité, apparemment, pour des corbeaux, et les explorateurs furent si impressionnés qu'ils décidèrent de s'établir ici. Avant longtemps, il y eut tout un village, qu'ils baptisèrent donc S.N.P.V.

— Mais pourquoi S.N.P.V. ? insista Violette.

— Société des noirs protégés de la volière, le village où règnent en maîtres les corbeaux, bien sûr ! Car ces oiseaux font l'objet d'une véritable dévotion, ici. Et ils sont protégés, vous vous en doutez bien. Contre toutes les agressions. Leur nombre a grossi vingt fois plus vite que celui des villageois.

— C'était donc ça, le secret de S.N.P.V. ? s'écria Klaus, dépité.

— Le secret ? s'étonna Hector. Mais tout le monde est au courant.

Les enfants se turent. Ils étaient à la fois déçus et désemparés, mélange assez peu plaisant.

— Ce qu'il y a, reprit enfin Violette, c'est que

nous avons choisi S.N.P.V., sur la liste des villages susceptibles de nous accueillir, parce qu'on nous avait dit qu'un secret... un terrible secret se cachait derrière ces initiales, S.N.P.V.

— Et qui donc vous avait dit ça ?

— Des amis. Des amis très chers. Duncan et Isadora Beauxdraps. Ils ont découvert quelque chose au sujet du comte Olaf, mais ils n'ont pas eu le temps de nous...

— Hé ! pas si vite, coupa Hector. Qui donc est ce comte Olaf ? Mme Endemain parlait d'un comte Omar. Cet Olaf serait-il son frère ?

— Non, répondit Klaus, frissonnant à l'idée qu'Olaf pût avoir un frère. Non, simplement, l'article du *Petit pointilleux* est truffé d'erreurs.

— Truffé d'erreurs ? Allons bon. Mais les erreurs, ça se corrige, assura Hector en tournant à l'angle d'une rue. Si vous me racontiez tout, tout ce qui s'est passé vraiment ?

— Oh ! soupira Violette, c'est une bien longue histoire.

— Pas grave, dit gentiment Hector. Le trajet aussi est long. Que diriez-vous de commencer par le commencement ?

Les enfants regardèrent l'intendant, ils prirent leur souffle et commencèrent par le commencement – qui leur semblait déjà si lointain qu'ils furent surpris de s'en souvenir comme si c'était hier.

Violette raconta d'abord la terrible journée où M. Poe était venu leur annoncer, à la plage, que leurs parents avaient péri dans l'incendie de leur maison ; Klaus enchaîna sur leur triste séjour chez le comte Olaf ; et Prunille – dont Violette et Klaus traduisirent les propos – narra la fin de ce pauvre oncle Monty et les pénibles événements survenus chez tante Agrippine. Violette évoqua le cauchemar de la scierie Fleurbon-Laubaine, Klaus résuma l'épisode du collège Alfred-Prufrock, et Prunille fit le récit des jours passés au 667, boulevard Noir, en compagnie de Jérôme et Esmé d'Eschemizerre. Violette décrivit tous les déguisements utilisés par le comte Olaf à ce jour, ainsi que chacun de ses odieux complices – l'homme aux crochets, le chauve au long nez, la créature muette qui ne semblait ni homme ni femme... se gardant de préciser que le silence d'Hector, une demi-heure plus tôt, leur avait rappelé cette personne. Klaus parla des triplés Beauxdraps, et du mystérieux souterrain aboutissant aux vestiges de leur ancienne demeure, et de la nette impression que la malchance les suivait à la trace.

Bribe après bribe, chemin faisant, ils racontèrent leurs malheurs à Hector, et au bout d'un moment, ils eurent l'impression que l'intendant portait beaucoup plus que leurs bagages. C'était à croire qu'il s'était chargé aussi de leurs misères. Le passé de leurs jeunes vies pesait déjà si lourd qu'il serait excessif de dire qu'ils se sentirent légers après l'avoir retracé. Mais lorsque Prunille eut achevé l'épisode des napperons de papier, il sembla aux trois enfants qu'ils en avaient moins gros sur le cœur.

— Kiyoun, conclut Prunille ; et Violette traduisit :

— Voilà pourquoi, sur la brochure, nous avons choisi S.N.P.V., espérant lever le voile sur le mystère, délivrer nos amis, et faire arrêter enfin le comte Olaf.

Tout le temps de leur récit, Hector n'avait dit un mot. Il respira un grand coup.

— Vous en avez vu de dures, vous trois, dit-il. Et vous avez du cran, je trouve. Je vais faire mon possible pour vous offrir un bon toit, c'est promis, mais je dois dire qu'à mon avis, vous êtes partis sur une fausse piste.

— Cazak ? fit Prunille.

— Comment ça ? demanda Klaus.

— Ah ! soupira Hector, je suis bien navré d'ajouter une déception de plus à votre histoire désolante, mais tout me porte à croire qu'entre le nom de notre village et le S.N.P.V. de vos amis, il n'y a pas l'ombre d'un rapport. C'est juste une coïncidence. Comme je vous le disais, ce nom remonte à plus de trois cents ans. Depuis, rien n'a changé ou presque. Les corbeaux se posent toujours aux mêmes endroits, aux mêmes heures – sauf que jadis ils se posaient en pleine campagne et de nos jours, ils se posent en plein village. Le Conseil des anciens se réunit toujours au même endroit, à la même heure. Mon père était l'intendant du village avant moi, et son père avant lui, et son grand-père auparavant. Ici, rien de nouveau sous le soleil depuis trois siècles – à part vous autres, les enfants, et à part cette fontaine toute neuve que nous astiquerons demain. Je ne vois vraiment pas en quoi ce patelin aurait quelque chose à voir avec un secret découvert par vos amis Beauxdraps.

Les enfants baissèrent la tête.

— Podjik ? éclata Prunille ; autrement dit : « Quoi ? On est venus dans ce trou perdu pour rien ? »

Violette traduisit en arrondissant les angles :

— Elle dit que c'est bien décevant de ne pas être au bon endroit.

— Le problème, renchérit Klaus, c'est nos amis. Il faut les retrouver, et vite. Pas question de renoncer !

— Renoncer ? se récria Hector. Qui parle de renoncer ? Une fausse piste n'est pas la fin du monde ! Ne pas être au bon endroit ne signifie pas forcément qu'on est au mauvais endroit. Certes, nous aurons des journées bien remplies, vu le boulot qui nous attend, mais rien ne nous empêchera, dans nos moments de loisir, de rechercher où peuvent se trouver Isadora et Duncan. D'accord, je ne suis pas détective. Mais « intendant », après tout, signifie « homme à tout faire », et je vous donnerai un coup de main dans la mesure de mes moyens. Simplement, gare ! Il faudra être très prudents. Le Conseil des anciens a édicté tant de règles qu'on ne peut quasiment rien faire sans en enfreindre au moins une.

— Contro ? demanda Prunille.

— Édicter une règle, lui expliqua Klaus, c'est décider qu'une chose est obligatoire ou au contraire, interdite. Enfreindre une règle, c'est lui désobéir.

— Mais pourquoi tant de règles ? voulut savoir Violette.

Hector haussa les épaules.

— Pourquoi invente-t-on des règles, à ton avis ? Toujours pour la même raison, je suppose. Pour mener les gens à la baguette. De cette façon, le Conseil des anciens peut dire aux gens comment s'habiller, comment parler, que penser, que manger, que faire ou ne pas faire de leurs dix doigts. Par exemple, la règle n° 17067 précise clairement qu'aucun citoyen de S.N.P.V. n'est autorisé à fabriquer ou à utiliser le moindre engin mécanique.

— Et à en inventer ? s'alarma Violette. Est-ce que ça veut dire que je n'aurai pas le droit de bricoler ? Ni d'utiliser d'engin mécanique ? Est-ce qu'on est citoyen de S.N.P.V. quand on est pupille du village ?

— J'ai bien peur que oui, tu sais. Vous devrez obéir à la règle n° 17067, de même qu'à toutes les autres règles.

— Mais Violette est inventrice ! se récria Klaus. La mécanique, c'est toute sa vie !

— Vraiment ? murmura Hector, une lueur dans les yeux. En ce cas, tu vas pouvoir m'être d'un grand secours, Violette. (Il se tut et balaya la rue du regard, comme s'il redoutait les espions.) Euh, je peux vous confier un secret, vous trois ?

— Oui, soufflèrent Violette et Klaus.

— Kousu, souffla Prunille.

Hector se pencha et dit très bas :

— Le jour où les anciens ont imaginé cette règle n° 17067, ils m'ont ordonné de débarrasser le village de tout ce qui pouvait servir à inventer ou à bricoler. Moi, j'ai trouvé ça stupide.

— Alors ? demanda Klaus. Qu'est-ce que vous leur avez dit ?

— Rien, avoua Hector. Face aux anciens, je suis toujours dans mes petits souliers. Dès qu'ils s'adressent à moi, je n'ai plus qu'une envie, rentrer dans un trou de souris. Mais voici ce que j'ai fait : tous les outils, tous les matériaux à faire disparaître, je les ai emportés chez moi pour les cacher dans ma grange. Et je me suis aménagé une sorte d'atelier d'inventeur.

— Un atelier d'inventeur ! s'extasia Violette.

Mon rêve! (Machinalement, elle tira son ruban de sa poche pour attacher ses cheveux, comme si son génie inventif entrait déjà en action.) Et qu'est-ce que vous avez mis au point, jusqu'ici?

— Oh! deux ou trois petites choses, c'est tout. Mais j'ai un gros, gros projet en cours – presque réalisé, en fait. J'achève la construction de ce que j'appelle mon AHAA, un aérostat habitable absolument autonome.

— Nibdiz? s'enquit Prunille; ce qui signifiait: «Vous pourriez nous en dire un peu plus?»

Mais Hector n'avait pas besoin d'encouragements pour parler de son invention.

— Un aérostat, commença-t-il, c'est un appareil qui s'élève dans les airs grâce à un gaz plus léger que l'air ambiant...

— Oui, dit Klaus. Comme un ballon, un dirigeable, une montgolfière...

— Exactement. Je ne sais pas si vous avez déjà fait un petit tour en ballon, mais c'est absolument fabuleux. Vous êtes dans une espèce de grand panier, la nacelle. Au-dessus de votre tête, vous avez cet énorme ballon gonflé à l'air chaud, et sous vos pieds, vous avez le paysage, étalé en contrebas comme un immense couvre-lit brodé. C'est un enchantement, croyez-moi. Eh bien, mon invention est tout simplement une sorte de montgolfière – en beaucoup, beaucoup plus grand.

Au lieu d'une seule nacelle, il y en a douze, suspendues à plusieurs ballons. Chaque nacelle joue le rôle d'une pièce d'habitation, et le tout forme une espèce de maison volante. Mieux, l'ensemble est entièrement autonome : une fois dans les airs, plus besoin de redescendre ! En fait, si tout fonctionne comme prévu, il n'y aura même pas moyen de redescendre – pour quoi faire ? Le moteur est conçu de manière à tourner plus d'un siècle, et j'ai aménagé une immense nacelle de stockage que je remplis de vivres, de boissons, de vêtements et de livres. Quand tout sera prêt, je prendrai la voie des airs et adieu S.N.P.V., adieu les anciens, adieu tout ce qui me met dans mes petits souliers ! Je vivrai en plein ciel jusqu'à la fin de mes jours.

— Ça paraît génial, comme invention, commenta Violette. Mais… comment diable avez-vous fait pour obtenir un moteur absolument autonome, lui aussi ?

— Euh, c'est le dernier détail qui me donne un peu de fil à retordre, reconnut Hector. Mais si vous y jetiez un coup d'œil, vous autres, peut-être pourrions-nous achever de le mettre au point, à nous quatre ?

— Oh ! Violette aura sûrement d'excellentes idées, dit Klaus. Moi, la mécanique, ce n'est pas trop mon rayon. Je préfère les livres. Il y a bien une bonne bibliothèque publique, ici, à S.N.P.V. ?

— Bonne ? (Hector fit la moue.) Hélas ! non.
La règle n° 18108 précise clairement que la bibliothèque de S.N.P.V. ne doit contenir aucun ouvrage
décrivant une infraction à une règle quelconque.
Par exemple, dans un roman, si un personnage se
sert d'un engin mécanique, le livre n'est pas admis
à la bibliothèque.

— Mais avec tant de règles, s'écria Klaus, quels
livres peuvent bien être admis ?

— Très peu, reconnut Hector. C'est là tout le
problème. Et ceux qui restent, je ne vous dis pas.
À tomber raide d'ennui. Par exemple, il y en a un,
Le petit lutin rose, et je crois bien que c'est le plus
barbant de tous les livres jamais publiés. C'est
l'histoire d'un personnage minuscule à qui il arrive
des tas d'aventures, toutes plus rasoir les unes que
les autres.

— Et zut ! pesta Klaus entre ses dents. Moi qui
comptais faire des recherches en bibliothèque au
sujet de S.N.P.V. – le S.N.P.V. du mystère, pas le
village !

À nouveau, Hector s'assura que la rue était
déserte.

— Vous sentez-vous capables de garder un
deuxième secret ? chuchota-t-il aux enfants, et ils
firent oui, solennels. Le jour où les anciens m'ont
ordonné de brûler tous les livres qui contreve-
naient à la règle n° 18108, je les ai emportés en

catimini dans ma grange. Et j'ai fait de ma grange une sorte de bibliothèque secrète, en plus d'un atelier d'inventeur.

— Ouaouh ! fit Klaus, enthousiaste. Je connaissais déjà toutes sortes de bibliothèques – publiques, privées, scolaires, spécialisées dans le droit, dans les reptiles, dans la grammaire, mais les bibliothèques secrètes, ça, je ne connaissais pas. Ça doit être un peu excitant, non ?

— Un peu, admit Hector. Mais ça donne la chair de poule, aussi. Les anciens ne plaisantent pas, vous savez, quand on désobéit aux règles. Je préfère ne pas penser à ce qui m'arriverait si on découvrait qu'en secret, je lis des livres intéressants et que je me sers d'engins mécaniques.

— Azzator ! assura Prunille ; autrement dit : « Soyez tranquille. Avec nous, vos secrets ne risquent rien ! »

Hector leva un sourcil, puis sourit.

— J'ignore ce que signifie azzator, Prunille, mais j'ai ma petite idée. « Et moi ? Et moi ? Et moi ? », c'est bien ça ? Violette aura l'usage de l'atelier, Klaus aura l'usage de la bibliothèque, mais toi ? Que pouvons-nous te proposer ? Qu'aimes-tu faire plus que tout ?

— Mordr ! répondit Prunille en montrant ses dents, et Hector, avec un sursaut, s'assura une fois de plus que nul ne pouvait entendre.

— Moins fort, petite fille ! La règle n° 4561 précise clairement que les citoyens ne doivent se servir de leur bouche qu'à des fins strictement utilitaires. Si les anciens savaient que tu mords pour le plaisir, ils... je ne sais pas de quoi ils seraient capables. Je suis sûr que nous te trouverons des tas de choses à ronger, mais tu devras le faire en secret... Eh bien ! ma foi, nous voilà sortis du village.

Ils venaient de passer l'angle d'un tout dernier bâtiment, et les enfants virent au loin, pour la première fois, leur nouveau logis.

La dernière rue s'achevait là, brusquement, laissant place à une plaine rase et plate comme une galette. Trois silhouettes seulement se découpaient sur l'horizon dénudé. La première était une grande maison solidement campée, avec un toit pointu et, sur l'avant, une galerie couverte, juste assez grande pour recevoir une table de jardin et quatre chaises. La deuxième était une immense grange à un jet de pierre de la maison – la grange où logeaient clandestinement une bibliothèque et un atelier d'inventeur. Mais c'est surtout la troisième qui fascina les enfants.

Cette troisième silhouette, c'était l'arbre Jamaisplus, encore que parler d'arbre à son propos revienne à traiter l'océan Pacifique de plan d'eau, le comte Olaf, de vilain monsieur, ou ce qui s'est passé entre Beatrice et moi, d'histoire un peu triste.

L'arbre Jamaisplus était titanesque, gargantuesque, éléphantesque, mots qui signifient ici « ayant atteint des dimensions sidérantes ». En d'autres termes, c'était un arbre comme les enfants n'auraient jamais cru qu'il pouvait en exister.

Son tronc était si massif qu'on aurait pu cacher derrière lui les trois orphelins Baudelaire, plus quatre chevaux de trait, plus cinq chanteurs d'opéra, plus six éléphants dans la force de l'âge sans que rien ne dépasse. La ramure s'étalait en tous sens à la façon d'un immense plumeau à poussière, plus haut qu'un immeuble de dix étages, plus large qu'un stade olympique. Et les corbeaux de S.N.P.V., perchés dans ses branches jusqu'au dernier, habillaient d'un étrange manteau noir, bruissant et frémissant, sa silhouette de géant.

Ayant fait le trajet à vol d'oiseau et non à pied comme Hector et les enfants, les corbeaux étaient arrivés à destination avant eux. Ils achevaient déjà leurs derniers préparatifs pour la nuit, et l'air était empli du froufrou tranquille des oiseaux s'apprêtant à dormir. En fait, certains somnolaient franchement, et les enfants, en s'approchant, entendirent même quelques ronflements corbeautesques.

— Alors ? s'informa Hector. Que pensez-vous de ce spectacle ?

— Merveilleux, répondit Violette.

— Fabuleux, répondit Klaus.

— Ogfod ! répondit Prunille, ce qui signifiait :
« Tout ça de corbeaux ! »

— Les bruits qu'ils font la nuit peuvent
surprendre, parfois, quand on n'a pas l'habitude,
dit Hector, gravissant les marches de bois. De temps
à autre, ils rêvent tout haut, ou ils échangent deux
ou trois idées au cours de leurs insomnies. Mais
on s'y fait vite, vous verrez. Moi, je laisse toujours
la fenêtre de ma chambre grande ouverte. Le
murmure des corbeaux la nuit me rappelle un peu
celui de la mer. J'aime m'en laisser bercer quand je
m'endors. (Il se retourna vers les enfants.) À propos
de dormir, vous devez être fatigués, vous autres.
Je vous ai préparé trois chambres à l'étage, mais
si elles vous déplaisent, vous n'aurez qu'à vous en
choisir d'autres. Il ne manque pas de chambres
dans cette maison. Il y en aura même pour vos amis
Beauxdraps, quand nous les aurons retrouvés. Je
suis sûr que vous serez heureux ici, tous les cinq,
malgré les corvées et le reste.

— Oh ! ce serait bien, dit Violette avec un
grand sourire pour Hector, le cœur gonflé de joie
à la pensée d'avoir leurs amis auprès d'eux, tirés
des griffes du comte Olaf. En plus, ajouta-t-elle,
comme Duncan est journaliste dans l'âme, il pourrait lancer un journal, ici. Ça éviterait aux habitants de S.N.P.V. d'avoir à lire *Le petit pointilleux*
et toutes les bourdes qu'il publie.

— Et Isadora est poétesse-née, compléta Klaus. Elle pourrait écrire un recueil de poèmes pour la bibliothèque... Enfin, à condition de faire bien attention à ne pas enfreindre les règles.

Hector, qui ouvrait la porte, s'arrêta net et se retourna vers les enfants avec une étrange expression.

— Poèmes ? dit-il. Quel genre de poèmes écrit-elle ?

— Des distiques, répondit Violette.

L'expression d'Hector se fit plus étrange encore. Il posa les bagages sur le seuil et plongea la main dans sa poche.

— Des distiques ?

— Oui. Un distique, expliqua Klaus, c'est un poème de deux vers seulement, qui riment entre eux.

Alors, avec la plus étrange expression que les enfants aient jamais vue, Hector extirpa de sa poche un petit rouleau de papier.

— Comme ceci ? demanda-t-il.

Et il déroula le papier.

Les enfants allongèrent le cou. Dans le peu de jour qui restait, ils eurent du mal à déchiffrer ce qui était écrit là, puis ils le relurent par deux fois pour s'assurer que le manque de lumière ne leur jouait pas des tours.

L'écriture était familière, quoiqu'elle manquait

légèrement d'assurance, et les mots formaient un poème :

Fourbement enfermés ici pour des saphirs,
Oh ! nous vous attendons, venez nous
secourir !

CHAPITRE
4

Les enfants Baudelaire ouvrirent des yeux ronds sur le bout de papier, puis sur Hector, puis de nouveau sur le bout de papier.

Après quoi ils ouvrirent des yeux ronds sur Hector, puis sur le bout de papier, puis sur Hector, puis de nouveau sur le bout de papier, puis une nouvelle fois sur Hector, et derechef sur le bout de papier.

Ils avaient la bouche entrouverte comme s'ils s'apprêtaient à parler, mais aucun d'eux n'émettait un son.

— Fichtre, fichtre, les enfants, dit Hector, vous avez l'air complètement sonnés ! On jurerait que le ciel vient de vous tomber sur la tête. Entrez vite et venez vous asseoir.

Les enfants le suivirent, dociles, et se laissèrent guider jusqu'au salon où ils s'assirent sur le canapé, sans un mot.

Avoir reçu le ciel sur la tête était très exactement l'impression qu'ils ressentaient. Oh! ce n'était pas la première fois. Des chocs, des coups de théâtre, des surprises, ils en avaient vu d'autres. Mais recevoir le ciel sur la tête n'est pas vraiment de ces choses auxquelles on finit par s'habituer, pas plus qu'à se faire frapper par la foudre, à moins qu'on soit un paratonnerre.

— Vous savez quoi? leur dit Hector. Vous allez rester là tranquillement, et je vais vous faire un chocolat chaud. Peut-être que, quand il sera prêt, vous aurez recouvré vos esprits.

Il se pencha, tendit à Violette le rouleau de papier, tapota la tête ronde de Prunille et s'éclipsa. En silence, Violette déroula le bout de papier et tous trois se penchèrent dessus une fois de plus.

Fourbement enfermés ici pour des saphirs,
Oh! nous vous attendons, venez nous secourir!

— C'est elle, murmura Klaus très bas. J'en suis sûr. C'est Isadora qui a écrit ce poème.

— Je le pense aussi, dit Violette. En tout cas, c'est son écriture.

— Hugo ! ajouta Prunille ; autrement dit : « Et son style, aussi. On le reconnaît bien ! »

— Sans compter qu'il est question de saphirs, reprit Violette. Or la fortune Beauxdraps, celle de leurs parents, ce sont des saphirs, justement.

— Et c'est pour s'emparer de ces saphirs que le comte Olaf les a kidnappés, rappela Klaus. Exactement ce que dit le premier vers : « Fourbement enfermés ici pour des saphirs ».

— Pang ? demanda Prunille.

— D'où Hector tient ce papier ? Aucune idée, répondit Violette. Il va falloir lui poser la question.

— Minute ! intervint Klaus, et il prit le papier des mains de Violette pour l'examiner de plus près. Qu'est-ce qui nous prouve qu'Hector n'est pas de mèche avec Olaf ? Qu'est-ce qui nous prouve qu'il n'est pour rien dans la séquestration de nos amis ?

— Je n'y pensais pas, avoua Violette. Tu crois que ça se pourrait ?

— Difficile à dire, hésita Klaus. Il ne ressemble à aucun des complices de Face-de-rat, mais va savoir ! Plusieurs fois, ils étaient si bien déguisés que nous ne les avons même pas reconnus.

— Vrib, ajouta Prunille, pensive ; autrement dit : « Sans compter que ça pourrait en être un que nous n'avons encore jamais vu. »

— Pourtant, reprit Violette, je ne sais pas pour-quoi, mais il m'inspire confiance. Il était si heureux, tout à l'heure, de nous montrer les corbeaux en vol ! Et il nous a écoutés raconter nos malheurs, ce qui n'est pas trop le genre des sbires du comte Olaf. D'un autre côté, je sais bien, on n'est jamais sûr de rien.

— Absolument, approuva Klaus. C'est tout le problème. On n'est jamais sûr de rien.

— Le chocolat chaud est prêt ! appela Hector depuis la pièce voisine. Êtes-vous assez remis pour me rejoindre à la cuisine ? Vous pourrez vous asseoir à la table pendant que je prépare les *enchiladas*.

Les enfants se consultèrent du regard.

— Kay ! lança Prunille pour confirmation.

Et elle se mit en route la première, vive comme un lièvre, à quatre pattes.

La cuisine se révéla être une pièce vaste et accueillante. Les trois enfants prirent place autour de la table ronde en bois blond, Hector déposa devant chacun une grande tasse de chocolat chaud et s'attaqua à la préparation du souper.

Il est tout à fait exact qu'on n'est jamais sûr de rien. On n'est jamais sûr, en particulier, de pouvoir accorder confiance à quelqu'un. Ne serait-ce que parce que tout change et n'arrête pas de changer. Par exemple, vous pouvez fort bien connaître quel-qu'un depuis des années, estimer que c'est un ami et lui vouer une confiance aveugle ; et puis, un jour, parce que tout change, ce quelqu'un est pris d'une faim d'ogre, et l'instant d'après, vous vous retrouvez aux petits oignons dans une marmite – tout simplement parce qu'on n'est jamais sûr de rien. Par exemple encore, j'ai aimé jadis une jeune femme au grand charme, intelligente, irrésistible, qui, je croyais dur comme fer, allait accepter de m'épouser ; puis, d'un seul coup, tout a changé et elle en a épousé un autre – à cause de deux ou trois lignes publiées dans *Le petit pointilleux*.

Non, on n'est jamais sûr de rien, jamais sûr à cent pour cent, mais parfois, en cherchant bien, on glane de menus indices qui permettent d'être presque sûr. Et les enfants Baudelaire, regardant Hector s'affairer, glanèrent toutes sortes d'indices.

L'air que fredonnait Hector en hachant les ingrédients, par exemple, était un air rassurant – pas du tout ce que fredonnerait un malfrat capable de séquestrer des enfants. De même, lorsqu'il se rendit compte que le chocolat chaud était brûlant, Hector prit chacune des tasses pour souffler dessus un bon coup ; il était difficile de croire qu'on pût être à la fois aussi attentionné et capable des pires vilenies.

Mais surtout, surtout, Hector ne pressait pas les enfants de questions. Il ne leur demandait pas pourquoi ils avaient paru si surpris, pourquoi ils ne disaient plus rien. Non, il fredonnait à mi-voix, il attendait simplement qu'ils se sentent prêts à parler. On avait peine à imaginer que quelqu'un d'aussi délicat eût un lien avec le comte Olaf.

On n'est jamais sûr de rien, c'est un fait, mais malgré tout, en regardant Hector enfourner ses *enchiladas*, les enfants Baudelaire avaient l'impression d'être presque sûrs. Et quand Hector s'assit à la table et se servit le reste du chocolat chaud, ils étaient prêts à lui parler de ce distique.

— Ce poème a été écrit par Isadora Beauxdraps, déclara Klaus sans préambule – expression signifiant ici : « sans même laisser à Hector le temps de reposer le pot vide ».

— Bigre, commenta Hector. Je comprends que vous ayez eu l'air si estomaqués. Mais qu'est-ce qui vous permet de l'affirmer ? Des tas de poètes ont écrit ou écrivent encore des distiques. Ogden Nash, par exemple.

— Dans ses poèmes, Ogden Nash ne parle pas de saphirs, assura Klaus qui avait reçu une biographie de Nash pour ses sept ans. Isadora, si. Les parents Beauxdraps, en mourant, ont laissé une immense fortune en saphirs. Des saphirs que le comte Olaf aimerait bien empocher. C'est ce que le premier vers explique.

— Et d'ailleurs, ajouta Violette, c'est l'écriture d'Isadora. Et c'est tout à fait son style.

— Bien, admit Hector. Si vous dites que ce poème est d'Isadora Beauxdraps, je vous crois.

— Il faut appeler M. Poe, décida Klaus. Il faut le mettre au courant.

— Appeler M. Poe ? dit Hector. Impossible, il n'y a pas de téléphone à S.N.P.V. ; pas pour les simples citoyens. Les téléphones sont des appareils mécaniques. Tous les messages doivent passer par le Conseil des anciens. Moi, je ne leur adresse jamais la parole, ils me mettent trop dans mes petits souliers : mais vous pourrez le leur demander, si vous voulez.

— Oui mais d'abord, déclara Violette, il faut qu'on en sache un peu plus. D'où vient ce papier ? Qui vous l'a donné ?

— Personne. Je l'ai trouvé par terre. Ce matin même, au pied de l'arbre Jamaisplus. Je venais de fermer la maison, je partais pour le boulot quand j'ai vu, depuis les marches, quelque chose de blanc qui traînait là-bas, au milieu des plumes noires. Je n'ai rien compris à ce qui y était écrit, et il fallait que j'aille bosser, alors j'ai fourré ce papier dans ma poche et je l'ai complètement oublié. Ça m'est revenu seulement ce soir, en vous entendant parler de distiques. Bizarre, tout de même. Très, très bizarre. Comment diable un poème d'Isadora Beauxdraps a-t-il pu finir au fond de mon jardin ?

— En tout cas, dit Violette, un bout de papier, ça ne se balade pas tout seul. C'est Isadora qui a dû le mettre là. Et en plus, elle écrit « ici ». Ils sont sûrement quelque part pas loin.

Hector fit la moue.

— Ça m'étonnerait. Vous avez vu comme c'est plat, dans le coin ? Pas un buisson, pas un bosquet, rien. On y voit à des kilomètres à la ronde. Et ici, à l'écart du village, il n'y a vraiment que ma maison, ma grange et l'arbre. Vous pouvez fouiller la maison tant que vous voudrez, ça ne me gêne pas, mais vous n'y trouverez ni Isadora Beauxdraps, ni personne. Et la grange est toujours fermée à double tour, de peur que les anciens ne viennent y mettre le nez.

— Elle est peut-être dans l'arbre ? suggéra Klaus. Il est bien assez grand. Olaf pourrait avoir aménagé une cachette dans les branches.

— C'est vrai, ça, dit Violette. La dernière fois, il les avait cachés sous nos pieds. Peut-être que, cette fois-ci, il les cache au-dessus de nos têtes ?

Elle réprima un frisson à l'idée de pareille cachette : ce grand arbre avait quelque chose d'inquiétant. Puis elle repoussa sa chaise et se leva.

— Il n'y a qu'une chose à faire. Aller grimper là-haut pour voir.

Klaus se leva à son tour.

— Tu as raison. On y va.

— Gritt ! approuva Prunille.

— Holà ! les arrêta Hector. Minute, papillons ! Escalader l'arbre, là, maintenant ? Pas question !

— Et pourquoi pas ? soutint Violette. Pour l'escalade, vous savez, on a de l'entraînement ! Une tour de pierre, une cage d'ascenseur... Ce n'est pas un arbre qui va nous arrêter.

— Que vous soyez d'excellents grimpeurs, je n'en doute pas, dit Hector. Le problème n'est pas là. (Il se leva et gagna la fenêtre.) Jetez plutôt un coup d'œil dehors. Il fait nuit. À moins d'avoir des yeux de chat, allez donc repérer un ami dans un arbre ! Sans compter que celui-ci est couvert de corbeaux. Vous ne sauriez pas où poser les pieds au milieu de tous ces oiseaux. Autant essayer de décrocher la lune avec les dents !

Les enfants mirent le nez à la fenêtre. Hélas, Hector disait vrai. L'arbre n'était plus qu'une vague forme sombre, assoupie sous sa cape d'oiseaux. Oui, il faisait déjà trop noir. Lancer des recherches dans pareille obscurité ? Autant essayer de décrocher la lune, en effet, avec les dents et sans échelle.

Klaus et Prunille, en silence, se tournèrent vers leur aînée. Peut-être allait-elle inventer quelque chose ? En tout cas, elle ouvrit la bouche – quoique sans nouer ses cheveux.

Elle se tourna vers Hector.

— Et avec des lampes de poche ? Si vous avez du papier d'aluminium, des élastiques et un vieux manche à balai, je peux nous bricoler des...

Mais Hector fit non de la tête.

— Les lampes de poche, vous savez, les oiseaux n'apprécient pas beaucoup. Il faut se mettre à leur place. Si on vous réveillait au beau milieu de la nuit en vous braquant une lumière dans les yeux, parions que vous ne seriez pas très contents. Et être entouré de milliers de corbeaux pas très contents ne me paraît guère souhaitable. Non, il faut attendre demain matin, quand ils seront repartis au village.

Klaus regimba.

— Attendre demain matin ? Jamais ! C'est tout de suite qu'il faut agir. La dernière fois qu'on les a retrouvés, on n'avait pas le dos tourné qu'ils avaient déjà redisparu.

— Olakipé, expliqua Prunille.

— Exactement, traduisit Violette. Olaf était déjà venu les rekidnapper.

— Pour le moment, fit observer Hector, il n'y a pas grand danger qu'il vienne. Je le vois mal grimper dans cet arbre, pour les mêmes raisons que vous.

— Il faut quand même faire quelque chose, implora Violette. Ce poème n'est pas seulement un distique – c'est un appel au secours. D'ailleurs Isadora le dit : « Venez nous secourir ! » Nos amis sont en danger. Ils comptent sur nous.

Hector saisit deux gants de four et sortit le plat du fumant.

— J'ai une idée, dit-il. C'est une belle soirée, et nos *enchiladas* sont prêts. Nous allons souper sur la galerie, en gardant un œil sur l'arbre Jamaisplus. C'est tellement plat, dans le coin, que même de nuit, la vue porte loin. Si votre comte Olaf approchait – si n'importe qui approchait –, nous aurions tôt fait de le repérer.

— Mais le comte Olaf pourrait jouer son vilain tour après le souper, souligna Klaus. Le seul moyen d'être sûr que personne n'approche de l'arbre, c'est de surveiller l'arbre toute la nuit.

— On peut faire un tour de veille, suggéra Violette, de manière à ce qu'à tout moment l'un de nous, au moins, ait l'œil ouvert pendant que les autres dorment.

Hector commença par faire non, puis il parut se raviser.

— En temps ordinaire, dit-il, je n'aime pas beaucoup voir des enfants veiller tard le soir. Sauf bien sûr pour finir un livre palpitant ou pour rester à souper avec des invités passionnants. Mais là, j'imagine, nous pouvons faire une exception. Notez bien, je risque de m'endormir ; mais vous trois, puisque vous y tenez, vous pouvez veiller toute la nuit. Simplement, je vous en conjure, n'essayez pas de grimper à cet arbre. Je comprends que vous brûliez d'agir, mais croyez-moi : ce serait une grosse bêtise.

Les trois enfants ravalèrent un soupir. Ils se tourmentaient tant pour leurs amis qu'ils auraient voulu courir à cet arbre et l'escalader séance tenante, corbeaux ou pas. Mais, au fond d'eux-mêmes, ils savaient reconnaître la voix de la sagesse.

— Oui, Hector, se résigna Violette. Attendons demain matin.

— Il n'y a vraiment rien d'autre à faire, admit Klaus.

— Contrario! s'écria Prunille, levant ses petits bras en l'air comme lorsqu'elle voulait se faire porter.

Ce qui signifiait, en gros : « Faux ! Il y a autre chose à faire. Klaus, soulève-moi, que j'ouvre cette fenêtre ! » Alors, Klaus la hissa à hauteur du loquet. De ses petits doigts résolus, Prunille ouvrit la fenêtre toute grande, laissant entrer la fraîcheur du soir et le murmure des corbeaux marmottant dans leur sommeil. Puis elle se pencha dehors aussi loin qu'elle pouvait et lança dans la nuit, à pleins poumons :

— Ouah ! Ouah, ouah, ouah !

Autrement dit : « Duncan ! Isadora ! Si vous êtes là, tenez bon ! Demain, dès l'aube, on viendra vous délivrer ! »

C'était gentil de la part de Prunille, gentil et astucieux, que de rassurer leurs amis par ce message codé. Hélas ! Il existe une expression, « hurler à la lune », qui décrit assez bien ce qu'elle faisait là. Et cette expression ne signifie pas seulement « hurler comme un chien dans la nuit », mais également

« crier pour rien, s'égosiller en pure perte ». Or, je dois dire qu'en effet, Prunille s'égosillait en pure perte.

Mais les enfants, à cet instant, n'avaient aucun moyen de le savoir, pas plus qu'ils ne pouvaient savoir que garder l'œil sur l'arbre Jamaisplus ne servait strictement à rien.

Ils gardèrent donc l'œil sur cet arbre, sans faillir, jusqu'au lendemain. Ils gardèrent l'œil sur lui tout en mettant le couvert à la table de jardin. Ils gardèrent l'œil sur lui durant tout le souper. Ils gardèrent l'œil sur lui tandis qu'Hector faisait la vaisselle. Ils gardèrent l'œil sur lui tout le restant de la nuit, chacun à tour de rôle, tandis que les autres, tête sur la table, mêlaient leurs ronflements légers aux ronflements appliqués d'Hector.

Au petit jour, un premier corbeau fusa de la cime de l'arbre et se mit à décrire un cercle. Trois congénères vinrent se joindre à lui, puis sept autres, puis douze, et bientôt le ciel du matin ne fut plus qu'un immense bruissement d'ailes.

Alors, sous cette nappe d'oiseaux tournoyant en formation serrée, les enfants jaillirent de leurs chaises et coururent à toutes jambes vers l'arbre Jamaisplus. Mais, avant même d'atteindre son pied, ils mesurèrent leur erreur.

Dépouillé de sa robe de corbeaux, l'arbre géant n'était qu'un squelette. Sur ses branches et sur ses rameaux, il n'y avait pas une feuille. Nez en l'air, les enfants avaient vue sur sa charpente nue jusqu'à la dernière ramille – et ils comprirent au premier coup d'œil que grimper là-haut ne servirait à rien. Isadora et Duncan Beauxdraps n'étaient tout simplement pas là.

Une chose était là, en revanche, entre les racines noueuses. Un petit bout de papier blanc, en rouleau serré, parmi les plumes noires.

CHAPITRE
5

Nul mot jusqu'au matin je ne puis énoncer.
Tout ce temps, triste bec devra rester cloué.

— Une fois de plus, murmura Violette, c'est comme si le ciel me tombait sur la tête. Comment diable Isadora a-t-elle fait pour apporter ce poème ? Nous avons tenu l'arbre à l'œil toute la nuit.

— Peut-être que le papier était déjà là hier, suggéra Klaus. Et que, tout simplement, Hector ne l'a pas vu.

— Impensable. Un bout de papier blanc, ça saute aux yeux. Celui-ci, avoue, il se voyait de loin. Non, il est arrivé là durant la nuit. Mais comment ?

— Question intéressante. Mais moi, il y a une question qui me tracasse bien plus : où sont les Beauxdraps en ce moment ?

— Si seulement Isadora nous le disait, tout simplement ! reprit Violette, plissant le front sur le message. Au lieu de semer des poèmes sans queue ni tête – et de les laisser traîner par terre, où n'importe qui pourrait les trouver !

— Justement, c'est peut-être la raison, dit Klaus d'une voix lente parce qu'il réfléchissait. N'importe qui pourrait les trouver. Suppose qu'Isadora indique en clair où ils sont, tous les deux, et suppose que le comte Olaf tombe sur ce billet. Tu imagines, un peu, ce qu'il serait capable de faire ? Pourtant, j'ai dans l'idée que, malgré tout, Isadora nous indique où ils se trouvent, à sa manière. Je m'y connais très peu en poésie, mais je suis prêt à parier que le message est caché dans le poème.

— Ça va être facile à trouver ! ironisa Violette, relisant le distique une fois de plus. Tu y comprends quelque chose, toi ? Isadora dit « je » et ensuite elle parle de « bec » ! Elle a un nez et une bouche, que je sache. Pas un bec.

— Craa ! fit Prunille, autrement dit : « Elle veut sûrement parler d'un corbeau. »

— Pas impossible, concéda Violette. Mais dans ce cas, pourquoi dire : « Nul mot je ne puis énoncer » ? Énoncer, c'est comme prononcer, non ?

Prononcer des mots avec un bec ? Un oiseau, ça ne parle pas.

— Certains, si, la contredit Klaus. Tu oublies les perroquets. Et les mainates aussi peuvent apprendre à parler, j'ai lu ça dans une encyclopédie. Ils imitent même très bien la parole humaine.

— Admettons, mais tu en vois, toi, dans le coin, des mainates et des perroquets ? Moi, je ne vois que des corbeaux. Et les corbeaux ne parlent que dans les fables.

— Si ma mémoire est bonne, reprit Klaus, songeur, les corbeaux aussi peuvent apprendre quelques mots. Mais pourquoi « jusqu'au matin » ? À supposer qu'un corbeau parle, pourquoi pas aussi dans son sommeil ?

— Les deux messages sont arrivés le matin. Isadora essaie peut-être de dire qu'elle ne peut livrer de poèmes que le matin ?

— Rhmm, pas clair, tout ça, résuma Klaus. Si on allait demander à Hector ce qu'il en pense ?

— Matéo ! approuva Prunille.

Les trois enfants regagnèrent la maison où l'intendant ronflait toujours, la tête sur la table de jardin. Violette lui effleura l'épaule et il se redressa en bâillant, la joue zébrée des rainures du bois.

— Bonjour, les enfants, dit-il avec un sourire ensommeillé, en étirant ses longs bras. Alors, les choses se présentent bien ? Vous avez du nouveau ?

— Les choses se présentent bizarrement, disons, répondit Violette. Nous avons du nouveau, oui, mais... Voyez plutôt.

Hector lut le second poème et fronça les sourcils.

— De plus bizarroïde en plus bizarroïde, dit-il (et les enfants furent émus : ainsi donc, lui aussi connaissait par cœur Alice au pays des merveilles !). Ma parole, c'est une devinette !

— Sauf que ça n'a rien d'un jeu, rappela Klaus. Isadora et Duncan sont en danger. Si nous ne trouvons pas très vite ce que signifient ces poèmes, le comte Olaf risque de...

— Ne le dis pas ! coupa Violette avec un frisson. Il faut résoudre la devinette, un point c'est tout.

Hector se leva, les yeux sur le paysage pelé.

— Vu la hauteur du soleil, dit-il en s'étirant, il va être temps de nous mettre en route. Désolé, nous n'aurons même pas le temps de déjeuner.

— Nous mettre en route ? répéta Violette.

— Eh oui ! c'est l'heure. As-tu oublié ce qui nous attend ? dit Hector en tirant de sa poche une liste longue comme le bras. Nous commençons rive droite, bien sûr, pour ne pas avoir les corbeaux dans les jambes. Et nous devons : un, tailler les haies chez Mme Endemain ; deux, laver les carreaux chez M. Lesko ; trois, astiquer toutes les poignées de porte de la propriété Verhoogen ; sans compter, comme tous les jours, balayer les rues emplumées, sortir les poubelles de tous les habitants du village, nett...

Violette eut un cri de désespoir.

— Mais délivrer nos amis Beauxdraps est cinquante fois plus urgent que tout ça !

— Bien d'accord, soupira Hector, mais allez l'expliquer aux anciens ! Ce n'est pas moi qui m'y risquerai. Du plus loin que je les vois, j'ai envie de me fourrer dans un trou de souris.

— Moi, je veux bien leur expliquer la situation, proposa Klaus.

— Non, décida Hector. Trop risqué. Il vaut mieux faire le boulot comme d'habitude, sans rien dire. Allez vite vous débarbouiller, et en route !

Les enfants échangèrent des regards consternés. Pourquoi, mais pourquoi fallait-il qu'Hector eût si peur d'une bande de petits vieux coiffés de chapeaux-corbeaux ?

Sans dire un mot, ils coururent faire un brin de toilette et suivirent leur mentor à travers la plaine grillée, puis à travers S.N.P.V. rive gauche entièrement nappé de corbeaux, et jusqu'à S.N.P.V. rive droite où les attendait Mme Endemain, en robe de chambre fuchsia, devant sa maison tirée à quatre épingles. Lèvres pincées, elle tendit à Hector des cisailles à haie, et à chaque enfant, un sac à poubelle dans lequel fourrer les débris de taille.

Des cisailles à haie et un sac à poubelle ne valent pas un bonjour aimable ni une tasse de café fumant, surtout si tôt le matin, mais les orphelins étaient trop absorbés pour relever ce manque de courtoisie. Tout en ramassant le hachis vert tombé sous les cisailles d'Hector, ils réfléchissaient au sens caché des poèmes, échafaudant toutes sortes d'hypothèses – autrement dit, en empilant des tas de suppositions farfelues, mais le gros défaut des échafaudages d'hypothèses est leur tendance à s'écrouler, si bien qu'on n'en a jamais terminé.

Quand la haie de Mme Endemain parut sortir de chez le coiffeur, le quatuor se rendit chez M. Lesko, trois rues plus loin.

M. Lesko (qui n'était autre que l'homme au pantalon à carreaux de la veille, celui qui ne voulait surtout pas des orphelins sous son toit), M. Lesko, donc, se montra encore moins bien élevé que Mme Endemain. Il se contenta de désigner un attirail de laveur de carreaux dans un coin, puis il tourna les talons. Mais les trois enfants, une fois de plus, étaient beaucoup trop absorbés pour relever ce manque de politesse. Ils se munirent chacun d'un chiffon et se mirent à frotter les vitres, chacun à sa hauteur respective, tandis qu'Hector grimpait à l'échelle pour laver les carreaux de l'étage.

Tout en frottant avec ardeur, les orphelins ruminaient sur les étranges poèmes d'Isadora, et ils continuèrent de ruminer en astiquant les poignées de porte de la grande maison Verhoogen. Toute la matinée, ils ruminèrent en accomplissant maintes corvées que je ne décrirai pas – ce serait une corvée de les décrire, et une corvée pire encore de les lire.

Ils ruminèrent en balayant les rues emplumées, Prunille tenant la pelle à poussière. Ils ruminèrent en sortant les poubelles des habitants de la rive droite. Ils ruminèrent en mâchouillant les sandwichs au navet fournis par un patron de restaurant, dont c'était la petite contribution pour aider le village à élever ces enfants.

Ils continuèrent de ruminer lorsque Hector leur lut à voix haute la liste des corvées de l'après-midi, plus assommantes les unes que les autres : faire les lits et la vaisselle pour tous les habitants de la rive gauche, confectionner des coupes glacées praline-chantilly pour le goûter des anciens, astiquer la fontaine Korax...

Mais ils eurent beau ruminer, ruminer, les deux poèmes d'Isadora n'avaient toujours ni queue ni tête.

— J'admire votre sérieux, vous trois, leur dit Hector comme ils s'attaquaient à la dernière des corvées du jour.

La fontaine Korax, en forme d'immense corbeau, ornait le centre d'une petite place au beau milieu de la rive gauche, à l'intersection de plusieurs rues. Les

enfants se mirent en devoir d'astiquer le corps de l'oiseau, en métal sombre gravé de plumes stylisées. Hector adossa son échelle contre la tête du volatile, qui levait le cou bien haut et crachait l'eau par son bec dressé, un peu comme s'il se gargarisait, puis se douchait de l'eau recrachée. L'effet était assez hideux, mais les corbeaux semblaient trouver cette œuvre d'art à leur goût, car elle était couverte de plumes et autres signatures moins discrètes, indices de leur passage du matin.

— Quand le Conseil m'a dit que le village allait vous prendre en tutelle, poursuivit Hector en astiquant de son côté, j'avoue que je me suis un peu inquiété. Je me disais : des enfants, faire tout ce boulot ? Ils ne vont pas arrêter de gémir.

— Oh ! dit Violette, on a de l'entraînement.

À La Falotte, on a scié des troncs, et au collège Prufrock, toutes les nuits, on courait le marathon.

— En plus, avoua Klaus, on est tellement occupés à réfléchir sur ces poèmes qu'on a travaillé sans s'en rendre compte.

— Bien ce que je pensais, dit Hector en nettoyant délicatement le contour de l'œil du corbeau. Vous pouvez me rappeler ce qu'ils disent, ces poèmes, déjà ?

Les enfants avaient tant relu ces quatre vers qu'ils les connaissaient par cœur.

Violette récita très vite :

Fourbement enfermés ici pour des saphirs,
Oh ! nous vous attendons, venez nous
secourir !

Et Klaus enchaîna :

Nul mot jusqu'au matin je ne puis énoncer.
Tout ce temps, triste bec devra rester cloué.

— Lambic ! ajouta Prunille ; autrement dit : « Et nous n'avons toujours aucune idée de ce que ça peut vouloir dire. »

— Pas évident, il faut avouer, reconnut Hector. En fait, je me deman...

Il se tut net, à croire qu'on avait coupé le son, et les enfants stupéfaits le virent se contorsionner pour s'attaquer à l'autre œil du corbeau.

— Dites ! fit une voix aigre dans leur dos. Elle n'est pas bien propre, cette fontaine !

Et les enfants, se retournant, virent trois vieilles dames du Conseil marcher vers eux, l'air grincheux. À cette distance, la première ressemblait à une grosse olive noire, la deuxième, à un pruneau, la troisième, à une aubergine. Hector, sans doute dans ses petits souliers, ne leva pas le nez de son ouvrage. Mais il en fallait davantage pour intimider les orphelins.

— C'est qu'on n'a pas fini de la nettoyer, expliqua Violette poliment. J'espère que vous avez trouvé bonnes vos coupes glacées praline-chantilly.

— Ça pouvait aller, répondit la dame olive, approuvée par son chapeau-corbeau.

— Dans la mienne, il y avait trop de noisettes, fit observer la dame pruneau. La règle n° 961 stipule qu'une coupe glacée praline-chantilly destinée à un ancien ne doit pas contenir plus de quinze morceaux de noisette. La mienne en contenait au moins seize.

— Vous nous en voyez navrés, répondit Klaus – et il se retint d'ajouter que, quand on est si difficile, on prépare ses desserts soi-même.

— Nous avons mis la vaisselle sale dans la cuisine de la salle des fêtes, ajouta la dame aubergine. N'oubliez pas de la laver demain. Mais nous étions venues annoncer quelque chose à Hector.

Les enfants levèrent les yeux vers l'échelle. Cette fois, petits souliers ou pas, Hector allait être obligé de faire face aux arrivantes.

Mais pas du tout! Il se contenta de toussoter et se mit à astiquer de plus belle. Alors Violette se souvint du temps où son père, parfois, la chargeait de répondre au téléphone.

— Désolée, dit-elle, mais pour l'instant, Hector est occupé. Puis-je lui transmettre un message?

Les trois vieilles dames s'entre-regardèrent, et leurs chapeaux parurent se donner des coups de bec.

— Euh, je suppose que oui, répondit la dame olive. Mais je te trouve bien jeune pour prendre un message.

— Surtout que c'est un message de la plus haute importance, assura la dame pruneau.

C'était un message de la plus haute importance; c'était même un message capital; c'était même un message renversant – si renversant que les enfants faillirent bien se retrouver assis dans le bassin de la fontaine.

— Le message est le suivant, annonça la dame aubergine, et elle se pencha vers eux, si près qu'ils auraient pu compter les plumes de son chapeau: on vient d'arrêter le comte Olaf.

CHAPITRE
6

« Il croit que c'est arrivé. » Peut-être avez-vous déjà entendu ces mots ? C'est une façon – pas très gentille – de dire de quelqu'un qu'il est naïf, prêt à gober n'importe quoi, bref, qu'il se fait des idées. Croire que c'est arrivé, c'est un peu comme croire au père Noël – sauf qu'après tout, le père Noël, personne n'a jamais prouvé qu'il n'existait pas.

Mais lorsqu'on souhaite une chose très fort, et qu'on s'entend soudain annoncer que ça y est, le souhait est exaucé, n'est-il pas un peu normal de « croire que c'est arrivé » ?

Par exemple, vous participez à un concours dans l'espoir de décrocher une montagne de bandes dessinées dont le nombre équivaut à votre poids. Si vous recevez un coup de fil vous annonçant que vous avez gagné, êtes-vous si sûr que vous n'allez pas croire que c'est arrivé ?

Quoi qu'il en soit, en apprenant l'arrestation du comte Olaf, les enfants Baudelaire, sous le choc, ne doutèrent pas une fraction de seconde : ce ne pouvait être que vrai.

— C'est vrai ! assura la dame olive, ce qui n'arrangea pas les choses. Un inconnu s'est présenté au village ce matin, avec un long sourcil unique et un œil tatoué sur la cheville.

— Le comte Olaf, murmura Violette, croyant que c'était arrivé.

— En personne ! assura la dame pruneau. Il correspondait en tout point à la description fournie par M. Poe. Nous l'avons fait arrêter sur-le-champ.

— C'est donc bien vrai, murmura Klaus, croyant que c'était arrivé.

— Puisqu'on vous le dit ! s'impatienta la dame aubergine. Nous avons aussitôt appelé *Le petit pointilleux*, pour qu'ils publient la nouvelle dans leur édition du soir. Bientôt, le monde entier saura que le comte Olaf est sous les verrous.

— Oura ! jubila Prunille, la dernière à croire que c'était arrivé.

— Le Conseil a convoqué une assemblée spéciale, reprit la dame olive, et son chapeau frémit d'excitation. Tout citoyen en âge de voter – vous entendez, Hector ? – doit se rendre immédiatement à l'hôtel de ville, où nous allons débattre du sort de l'inculpé. Non qu'il y ait à débattre. La règle n° 19833 est très claire : aucun criminel n'est admis dans notre beau village. La peine prévue est, bien sûr, le bûcher.

— Le bûcher ? balbutia Violette, persuadée d'avoir mal entendu.

— Naturellement, le bûcher. C'est la peine encourue par tous les contrevenants. Un contrevenant, c'est quelqu'un qui désobéit à une règle. Et il est puni par le bûcher. C'est la règle.

— Vous voulez dire... coassa Klaus abasourdi, sans même songer à signaler qu'il connaissait le mot « contrevenant » depuis un an et demi au moins, vous voulez dire que... la peine est toujours la même, quelle que soit la règle à laquelle le contrevenant a désobéi ?

— Absolument, assura la dame pruneau. La règle n° 2 le dit bien : quiconque enfreint une règle est passible du bûcher. Ne pas envoyer un contrevenant au bûcher, ce serait désobéir nous-mêmes à la règle, et quelqu'un d'autre serait obligé de nous envoyer au bûcher. Comprenez-vous ?

— À peu près, souffla Violette qui n'y comprenait rien du tout.

Ni Klaus ni Prunille ne comprenaient davantage. Ils avaient beau avoir en horreur le comte Olaf, les trois enfants avaient encore plus en horreur l'idée de le faire rôtir. Allumer un bûcher sous les pieds d'un criminel, c'était un geste de criminel ! Pas un geste de défenseur des oiseaux !

— Mais le comte Olaf est un contrevenant très spécial, vous savez, risqua Klaus, choisissant ses mots avec soin. Il a commis toutes sortes de crimes. Tant et tant de crimes qu'il vaudrait mieux le remettre aux autorités.

— Hum, fit la dame olive, on verra. C'est un point à discuter à l'assemblée. Et nous ferions bien d'y aller tout de suite, ou nous allons être en retard. Hector, mon garçon, descendez de cette échelle.

Hector ne souffla pas mot, mais il descendit de l'échelle et, les yeux sur ses pieds, il suivit les trois dames du Conseil. Les enfants suivirent Hector et se retrouvèrent rive droite, des corbeaux jusqu'à mi-mollet comme lors de leur arrivée, la veille.

Une fois de plus, ils se sentaient tout drôle, comme s'ils avaient avalé chacun trois grands papillons voletants. Mais l'effet était plus étrange encore, parce qu'ils éprouvaient à la fois un immense soulagement – et même une pointe d'excitation – à l'idée que le comte Olaf était pris, et de l'horreur mêlée d'effroi à la pensée qu'il risquait le bûcher. On n'avait pas le droit de tuer quelqu'un, jamais ; même quelqu'un d'odieux, même un criminel. Et le bûcher était une monstruosité d'un autre âge

– une monstruosité d'autant plus monstrueuse à leurs yeux que c'était le feu, tragiquement, qui leur avait enlevé leurs parents.

Les mélanges de sentiments sont rarement très digestes, et le cocktail de soulagement, d'excitation, d'horreur et d'effroi est sans doute l'un des moins recommandés. Avant même d'avoir franchi le filet d'eau qui séparait rive gauche et rive droite, ce n'étaient plus trois papillons que chacun croyait avoir avalés, mais plutôt trois de ces corbeaux massés à perte de vue, aile contre aile, et commérant à mi-voix.

Quand on a l'estomac en révolte, le plus sage est en général d'aller s'allonger un moment, peut-être après avoir avalé un petit breuvage effervescent. Mais le temps manquait. Ces dames du Conseil allaient d'un pas leste, et bientôt les enfants se retrouvèrent dans la grande salle de l'hôtel de ville, avec ses portraits de corbeaux aux murs.

La salle était un pandémonium, mot compliqué qui signifie ici : « véritable volière d'anciens et de simples citoyens discutant à grand bruit ». Les trois enfants cherchèrent des yeux le comte Olaf, mais la vue était masquée par la rangée de chapeaux-corbeaux oscillant à qui mieux mieux.

— Mesdames et messieurs, lança un ancien au nez en bec d'aigle, il est grand temps de commencer cette assemblée ! Camarades anciens, prenez place sur le banc, je vous prie. Chers concitoyens, veuillez vous asseoir, que nous puissions ouvrir la séance !

Le silence se fit instantanément. Chacun gagna sa place en hâte, redoutant peut-être le bûcher s'il n'obtempérait pas assez vite. Violette et Klaus s'assirent à côté d'Hector, qui gardait les yeux rivés sur ses bouts de pied. Klaus prit Prunille sur ses genoux pour lui permettre de mieux voir.

— Hector ! ordonna l'ancien au nez d'aigle, tandis que l'on achevait de déplier les dernières chaises pliantes. Veuillez conduire sur l'estrade le comte Olaf et notre officier de police municipale, que la discussion commence !

— Pas besoin d'escorte ! répondit une voix hautaine au fond de la salle – et les enfants, se retournant, reconnurent Mme Luciana, un sourire écarlate sous la visière de son casque. Je représente les forces de l'ordre, je peux me passer de cérémonie.

— Très juste, reconnut un ancien.

Et les chapeaux-corbeaux, sur le banc, dodelinèrent en cadence, tandis que Mme Luciana s'avançait vers l'estrade, ses talons de bottes claquant sur le parquet.

— Mesdames, messieurs, claironna-t-elle, j'ai l'honneur d'annoncer que je viens de procéder à ma première arrestation. Vous attendiez de l'efficacité. En voilà !

— Bravo ! approuvèrent des voix.

— Et maintenant, que je vous présente celui qui a enfreint vos règles – j'ai nommé le comte Olaf !

D'un pas de fier-à-bras, Mme Luciana redescendit de l'estrade, regagna l'arrière de la salle et arracha de sa chaise pliante un pauvre bougre à l'air égaré.

Menotté, vêtu d'un costume fripé déchiré à l'épaule, il allait pieds nus et les enfants virent qu'il portait un œil tatoué sur sa cheville gauche, exactement comme le comte Olaf. Et, lorsqu'il tourna la tête, ils virent qu'il avait les sourcils soudés, exactement comme le comte Olaf.

Mais les enfants virent aussi qu'il n'était pas le comte Olaf. Il était moins grand que le comte, il n'était pas aussi maigre que lui, et il n'en avait ni les ongles noirs ni le regard luisant et cruel.

Bref, il n'était pas le comte Olaf, un point, c'est tout – exactement comme vous sauriez dire au premier coup d'œil qu'un inconnu n'est pas votre oncle, même s'il portait la même chemise à pois et la même perruque bouclée que votre oncle. Les trois enfants échangèrent un regard bref, puis ils se tournèrent à nouveau vers le pauvre bougre qu'on traînait sur l'estrade et ils sentirent leur cœur sombrer.

Ils avaient cru que c'était arrivé, et ce n'était pas arrivé du tout.

— Mesdames... messieurs... orphelins... annonça Mme Luciana, solennelle, je livre à votre justice le comte Olaf !

— Mais je ne suis pas le comte Olaf ! protesta le captif. Je m'appelle Jacques et je...

— Si-lence ! coupa l'ancien au bec de rapace. La règle n° 920 stipule qu'il est interdit de parler sur l'estrade.

— Le bûcher ! Le bûcher ! scanda une voix, et les enfants, tournant la tête, reconnurent M. Lesko, qui s'était levé de sa chaise pour mieux vociférer. Voilà une éternité que cette peine n'a pas été appliquée ! Il est grand temps de la remettre à l'honneur.

Les chapeaux-corbeaux approuvèrent.

— Ne laissons pas se perdre les belles traditions de nos ancêtres !

— En tout cas, c'est bien cet Olaf ! lança Mme Endemain depuis l'autre bout de la salle. Voyez ces sourcils soudés, et cet œil tatoué sur la cheville !

— Mais des tas de gens ont les sourcils soudés ! plaida le malheureux qui tremblait sur l'estrade. Et ce tatouage fait partie de mon métier...

— Le beau métier : criminel ! triompha M. Lesko. Oui, et la règle n° 19833 précise claire-ment qu'aucun criminel n'est admis sur le territoire de notre commune, et que la peine encourue est le bûcher !

— Bien parlé ! approuvèrent des voix.

— Mais je ne suis pas un criminel ! se

défendit l'accusé, frénétique. Je travaille pour les volontaires...

— Ça suffit ! coupa l'ancien au profil d'aigle. Olaf, nous vous avons déjà rappelé la règle n° 920 : interdiction absolue de prendre la parole sur l'estrade. L'un de nos concitoyens souhaite-t-il intervenir avant que nous ne fixions la date de l'exécution du condamné ?

Violette se leva de sa chaise, les genoux flageolants.

— Oui, dit-elle. Moi... je veux parler... Le village de S.N.P.V. est mon tuteur officiel, je fais donc partie de ses citoyens, et...

Sa voix s'étrangla.

Alors Klaus se leva à côté de son aînée, leur petite sœur à son cou.

— Je suis citoyen aussi. Et je déclare que cet homme (du menton, il désignait l'estrade) n'est absolument pas le comte Olaf. Il a été arrêté par erreur, et ce serait une erreur pire encore de condamner un innocent.

Le dénommé Jacques dédia aux enfants un pauvre sourire. Mais Mme Luciana, en trois enjambées, vint se planter devant le trio Baudelaire. Sous la visière de son casque, sa bouche coquelicot eut un sourire pincé.

— Désolée, jeunes gens, mais c'est vous qui faites erreur ! (Elle se tourna vers les anciens.) Le choc de revoir le comte Olaf a été trop fort pour ces enfants. Ils ont l'esprit dérangé.

— C'est compréhensible, à cet âge, intervint la dame olive. Je pense qu'on devrait les envoyer au lit.

— Excellente idée, approuva l'ancien qui menait la séance. Quelqu'un a-t-il autre chose à dire ?

Les enfants se tournèrent vers Hector, dans l'espoir qu'il allait parler. Sûrement, il ne croyait pas une seconde que d'avoir l'esprit dérangé leur suffisait pour ne plus reconnaître le comte Olaf !

Les yeux rivés sur ses petits souliers, Hector resta bouche close.

— La séance est donc levée, déclara l'ancien au nez aquilin. Hector, ramenez les jeunes Baudelaire à la maison.

— Oui ! Oui ! approuva une voix. Les orphelins au lit et le comte Olaf au bûcher !

— Bien parlé ! approuvèrent d'autres voix.

Mais l'ancien qui dirigeait les débats repoussa la suggestion.

— Trop tard pour brûler qui que ce soit aujourd'hui, ne bâclons pas les choses, s'il vous plaît. (Un murmure déçu parcourut la salle.) Nous allumerons le bûcher demain, en début de matinée. Tous les habitants de la rive gauche sont priés de venir avec des torches, et tous les habitants de la rive droite sont invités à apporter du petit bois ainsi qu'un casse-croûte revigorant. À demain, mes chers concitoyens.

— D'ici là, compléta Mme Luciana, je garde le condamné sous les verrous, dans la prison face à la fontaine Korax.

— Mais je suis innocent! protesta l'homme menotté. Écoutez-moi, je vous en supplie! Je vais vous expliquer. Je ne suis pas le comte Olaf. Mon nom est Jacques! (Il se tourna vers les orphelins, les yeux luisants de larmes.) Oh! enfants Baudelaire, quel soulagement de voir qu'au moins vous êtes en vie. Vos parents...

— Ça suffit! coupa Mme Luciana, et elle le bâillonna de sa main gantée de blanc.

— Pipit! cria Prunille de sa petite voix aiguë; autrement dit: « Hé! Attendez! »

Mais Mme Luciana n'entendit pas ou ne voulut pas entendre et, d'une main de fer, elle tira Jacques vers la sortie. L'assistance se leva pour ne rien perdre du spectacle, puis se mit à discuter fort tandis que le Conseil des anciens quittait son banc à pas lents. Les enfants virent M. Lesko éclater de rire avec les Verhoogen, comme si la soirée avait été une joyeuse fête et non une assemblée condamnant un homme à mort.

— Pipit! répéta Prunille, toujours au cou de Klaus, mais nul n'écoutait.

Sans lever les yeux, Hector prit Klaus et Violette

par la main et les entraîna dehors en silence. Les enfants n'ouvrirent pas la bouche. En plus de l'estomac révolté, ils avaient le cœur si chaviré qu'il leur semblait que plus jamais ils ne retrouveraient le goût de vivre.

CHAPITRE
7

Quand on a des ennuis, de gros ennuis, on dit parfois qu'on est dans la « mélasse ».

La mélasse – la vraie – n'a pourtant pas mérité ce déshonneur. C'est une espèce de sirop visqueux, presque noir, résidu de la fabrication du sucre, et, sur du bon pain ou des crêpes, elle est plutôt délectable, surtout avec une noisette de beurre. Tomber dedans, en revanche, n'a vraisemblablement rien de plaisant : on doit s'y engluer comme rien, s'y empêtrer, s'y enfoncer, et de surcroît, une fois enlisé, on ne doit plus voir que du noir. Bref, quand on est dans la mélasse, on est dans une bien mauvaise passe, sans savoir comment s'en sortir. Assis à la table de la cuisine où Hector concoctait un nouveau plat mexicain, les orphelins Baudelaire se sentaient dans la mélasse, ou en tout cas dans quelque chose de très noir, très épais.

— C'est la bouteille à l'encre, marmonna Violette d'un ton sombre. Isadora et Duncan sont quelque part près d'ici, mais où ? Mystère et boule de gomme, et pour tout indice, deux poèmes obscurs. Et maintenant, nous voilà face à une nouvelle énigme : ce malheureux qui n'est pas le comte Olaf, mais qui a un œil tatoué sur la cheville et qui voulait nous parler de nos parents.

— Oui, dit Klaus d'un ton lugubre, on est dans le noir le plus complet. Pourtant, il faut agir, et vite. Il faut retrouver nos amis avant que le comte Olaf, le vrai, ne leur fasse quelque chose d'horrible, et il faut convaincre les anciens qu'ils commettent une erreur judiciaire, sinon ils vont brûler un innocent.

— Tunel ? fit Prunille, ce qui signifiait, en gros : « Mais que faire ? »

— J'aimerais bien le savoir, dit Violette. Nous avons ruminé toute la journée sur ces poèmes et fait de notre mieux pour convaincre le Conseil, tout ça pour rien.

Ils se tournèrent vers Hector, qui n'avait certes pas fait de son mieux – sauf si faire de son mieux consistait à contempler le bout de ses souliers. Il leva vers eux des yeux de chien battu.

— C'est vrai, reconnut-il, j'aurais dû dire quelque chose. Mais j'étais dans mes petits souliers. Je vous l'ai dit : quand je vois les anciens, je n'ai qu'une envie, rentrer sous terre. Malgré tout, je le sais, ce que nous pouvons faire.

— Ah ? Et quoi ? demanda Klaus.

— Passer à table et déguster nos *huevos rancheros*. Les *huevos rancheros*, ce sont des œufs sur le plat aux haricots secs, servis avec des *tortillas* et des pommes de terre dans une sauce tomate épicée.

Les enfants se regardèrent, perplexes. Comment un plat mexicain pouvait-il les sortir de la mélasse ?

— Et ça va vraiment améliorer les choses ? hasarda Violette.

— Peut-être pas, avoua Hector, mais c'est prêt et, sans vouloir me vanter, ma recette est fameuse. Mangeons. Peut-être qu'un bon repas va vous ravigoter les idées ?

Les enfants n'en croyaient rien, mais ils mirent le couvert sans regimber. Et, aussi curieux que cela puisse paraître, le bon repas, en effet, leur souffla des idées. Dès la première bouchée de haricots, Violette sentit se mettre en mouvement les rouages de son cerveau d'inventrice. Sitôt sa *tortilla* trempée dans la sauce tomate épicée, Klaus se prit à songer à des choses qu'il avait lues et qui pouvaient se révéler précieuses. Sitôt barbouillée de jaune d'œuf, Prunille fit claquer ses petites dents tranchantes pour mieux se concentrer. Le temps d'achever le contenu de leurs assiettes – Hector ne s'était pas vanté, ses *huevos rancheros* étaient fameux – et les idées avaient germé, grandi, elles s'étaient muées en projets solides et bien bâtis, tout comme l'arbre Jamaisplus, jadis, avait grandi à partir d'une petite graine, tout comme la fontaine Korax avait vu le jour, récemment, à partir d'un hideux plan d'amateur.

C'est Prunille qui rompit le silence.

— Hidé ! s'écria-t-elle.

— Ah ? fit Klaus. On peut savoir laquelle ?

D'un petit doigt rouge de sauce, Prunille indiqua la fenêtre où s'encadrait le grand arbre mort, tout habillé de corbeaux du soir.

— Mergantzer, dit-elle d'un ton ferme.

— Notre petite sœur dit que demain matin, sans doute, il y aura un nouveau poème d'Isadora au pied de l'arbre, traduisit Klaus pour Hector. Elle veut passer la nuit nichée entre les racines. Elle est si petite que celui qui livre les papiers ne la verra sûrement pas, et, comme ça, elle pourra nous dire par quel moyen ils arrivent ici.

— Ce qui nous mettra sur la piste de Duncan et

Isadora, conclut Violette. Bien vu, Prunille !

— Bigre, Prunille ! s'étonna Hector. Tu n'auras pas peur, toute seule dans le noir sous des milliers de corbeaux ?

— Spense ! assura Prunille, autrement dit : « Pas plus que le jour où j'ai escaladé seule une cage d'ascenseur avec mes dents ! »

— Et moi aussi, enchaîna Klaus, je crois que j'ai une idée. Hector, vous nous avez bien dit, hier soir, que vous aviez une bibliothèque secrète dans la grange ?

— Chuuut ! fit Hector, roulant les yeux vers la porte. Tu veux donc m'envoyer au bûcher ?

— Alors là, non ! protesta Klaus en baissant la voix. Je ne veux le bûcher pour personne ! Mais vous avez bien dit que votre bibliothèque contenait des livres sur les règles de S.N.P.V. ?

— Absolument. Et même des tas. Ces ouvrages décrivent des cas d'infraction aux règles, si bien qu'ils sont en infraction avec la règle n° 18108, qui dit clairement que la bibliothèque municipale ne doit contenir aucun ouvrage décrivant un cas d'infraction à une règle, quelle qu'elle soit.

— Alors voilà, déclara Klaus, je vais lire des ouvrages sur les règles. Je vais en lire autant que je pourrai. Il y a sûrement un moyen de sauver Jacques du bûcher, et je parie que je trouverai ça dans ces livres.

— Diable ! Klaus, s'étonna Hector. Tu n'as pas peur de mourir d'ennui, à lire tous ces livres ?

— Pas plus que le jour où j'ai épluché quatre ou cinq traités de grammaire pour retrouver tante Agrippine.

— Et moi aussi, j'ai une idée, annonça Violette. Mais d'abord, je vous explique comment je vois les choses.

— On t'écoute, dit Klaus.

— Voilà. Toute cette affaire, le comte Olaf est derrière. Bien d'accord ?

— Glib, commenta Prunille. Autrement dit : « Pas vraiment un scoop. »

— Et je crois que, pour une fois, je vois clair dans son jeu, poursuivit Violette. Si Jacques est exécuté à sa place, tout le monde croira qu'Olaf est mort et il aura le champ libre. Plus de police à ses trousses, plus personne sur son dos !

— Tout à fait, dit Klaus. Parions même que c'est lui qui a déniché Jacques – d'où qu'il sorte – et qui l'a amené ici. Il savait que Mme Luciana l'arrêterait à sa place. Et alors, ton idée ?

— J'y viens. Si nous délivrons Isadora et Duncan – grâce à Prunille – et si nous prouvons l'innocence de Jacques – grâce à toi –, Olaf va vite se retourner contre nous. Et ne comptons pas sur les anciens pour nous défendre !

— Ni sur les gens de S.N.P.V., ajouta Klaus.

— Poe, compléta Prunille.

— Ni sur M. Poe, approuva Violette. Et donc il nous faut un moyen de filer à l'anglaise. (Elle se tourna vers Hector.) Hier, vous nous avez parlé de ce ballon à air chaud...

Une fois de plus, Hector jeta un regard à la ronde, à croire que les espions fourmillaient entre buffet et pendule, puis il dit très bas :

— Oui, mais je crois que je vais arrêter d'y travailler. Si les anciens découvraient que j'enfreins la règle n° 67, je risquerais le bûcher, moi aussi. Et ils ont tout l'air de vouloir ressusciter cette vieille pratique. De toute façon, j'ai des problèmes avec le moteur.

— Justement, dit Violette, j'aimerais y jeter un coup d'œil, si ça ne vous ennuie pas. Vous parliez d'utiliser votre engin pour laisser en plan les anciens et tout ce qui vous met dans vos petits souliers. Peut-être que vous nous prendriez à bord, le temps de nous évader aussi ?

Hector parut hésiter une seconde, puis il tapota la petite main de Prunille et dit d'un ton timide :

— Le temps de vous évader seulement ? Oh ! je vous prendrais plutôt à bord pour toujours, vous savez. Je me plais bien en votre compagnie. Franchement, ce serait une joie de partager ma maison volante avec vous. Ce n'est pas l'espace qui manquera, soyez tranquilles, j'ai prévu large. Une fois que ce petit problème de moteur sera réglé, pourquoi ne pas nous envoler tous les quatre pour ne plus jamais redescendre ? Le comte Olaf et ses complices ne pourraient plus vous faire de misères. Qu'en pensez-vous ?

Ce qu'ils en pensaient ? Ils n'en savaient trop rien.

D'un côté, c'était tentant. L'idée de vivre dans les airs avait quelque chose d'excitant, et celle de fausser compagnie au comte Olaf ne manquait pas de charme non plus. Les yeux sur sa petite sœur, Violette songeait à la promesse faite à leur mère de veiller à la sécurité de ses cadets. Les yeux sur Hector, Klaus se disait que, de tout le village, il était le seul à se soucier d'eux vraiment, le seul à être digne du rôle de tuteur. Les yeux sur le ciel du soir, Prunille revoyait en pensée la féerie de l'envol des corbeaux, les cercles qu'ils décrivaient dans les airs. Quelle ivresse on devait ressentir, là-haut, tous ses soucis laissés au sol !

D'un autre côté, vivre à jamais dans les airs ne semblait pas la solution idéale. Prunille était encore une bambine, Klaus n'avait même pas treize ans et Violette n'en avait que quatorze, ce qui n'est pas un âge très avancé. Chacun d'eux avait ses projets, ses rêves, il semblait un peu prématuré d'y renoncer si tôt dans la vie.

Les coudes sur la table de la cuisine, les enfants examinaient la proposition d'Hector et se disaient que, dans les airs, ils risquaient de n'être pas tout à fait dans leur élément – pas tout à fait comme des poissons dans l'eau.

— Priorité aux urgences ! résolut soudain Violette. Avant de nous engager pour le restant de nos jours, tirons Duncan et Isadora des griffes du comte Olaf.

— Et sauvons Jacques du bûcher, dit Klaus.

— Albico, ajouta Prunille ; autrement dit : « Et démêlons le mystère de S.N.P.V., le vrai S.N.P.V., cette fois. »

Hector soupira.

— Vous avez raison. Commençons par là, même si tout ça me donne la chair de poule. Bien, emmenons Prunille au pied de l'arbre, puis nous irons à la grange, où sont la bibliothèque et l'atelier. Nous voilà repartis pour une nouvelle nuit blanche, si je comprends bien. Espérons qu'au moins nous ne ferons pas chou blanc.

L'espoir au cœur, les enfants suivirent Hector dans l'air de la nuit, délicieusement frais et bruissant du demi-sommeil des corbeaux. L'espoir au cœur, ils se séparèrent, Prunille filant se nicher au creux d'une fourche, entre deux racines, et ses aînés suivant Hector vers la grange.

Là, leur espoir grandit encore. Au ravissement de Violette, l'atelier d'Hector se révéla idéalement équipé, avec une profusion de tenailles, de fils

de fer et de colles variées, de quoi inventer mille
merveilles ; et son fameux AHAA était un engin
fascinant, éblouissant de complexité – tout à fait
le genre de défi auquel Violette rêvait de mesurer
son génie. Au ravissement de Klaus, la bibliothèque d'Hector se révéla tout confort, avec une
table robuste et des chaises rembourrées, parfaites
pour de longues séances de lecture, sans parler des
épais volumes sur les règles de S.N.P.V., pullulant
de mots alambiqués – tout à fait le genre de défi
auquel il rêvait de mesurer son jeune esprit. Quant
à Prunille, elle aussi s'estima comblée : à son ravissement, le pied de l'arbre regorgeait de bois mort,
si bien qu'elle allait avoir de quoi ronger tout en
montant la garde.

Violette noua ses cheveux pour se dégager le
front, Klaus essuya ses lunettes, Prunille s'échauffa
les mandibules. Cette fois, chacun des trois enfants
était dans son élément. Et se sentir comme un
poisson dans l'eau est infiniment plus confortable
que de se sentir dans la mélasse.

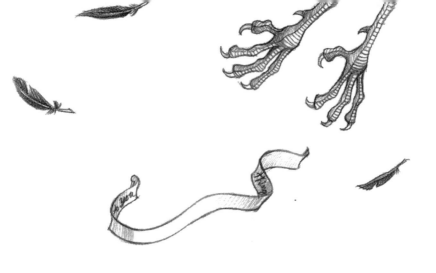

CHAPITRE
8

Le lendemain débuta sur un glorieux lever de soleil, que Prunille savoura depuis son alcôve au pied de l'arbre Jamaisplus. Il se poursuivit avec l'éveil des corbeaux, concert un brin cacophonique dont Klaus ne perdit rien depuis la bibliothèque. Puis ce fut l'envol des oiseaux, leur courbe somptueuse en plein ciel, que Violette eut la chance d'admirer juste comme elle sortait de l'atelier.

Le temps pour Klaus de mettre le nez dehors à son tour, et pour Prunille de courir comme un lapin en direction de ses aînés, et déjà les corbeaux, défaisant leur cercle, filaient droit vers le petit village.

C'était un matin si serein, si limpide, si délicatement coloré que j'en oublierais presque combien ce jour fut pour moi funeste, un jour à rayer du calendrier. Mais on n'efface pas le passé, pas plus qu'on ne plaque une fin heureuse sur une histoire qui finit mal. Malgré la douceur de ce matin-là, malgré la confiance des enfants dans le succès de leurs entreprises, il n'y a pas plus d'heureuse fin à l'horizon de ce récit qu'il n'y avait d'éléphant bleu à l'horizon de cette morne plaine.

— Salut, toi ! dit Violette à Klaus qui sortait de la grange, un énorme volume sous chaque bras.

Et elle bâilla comme un crocodile.

— Salut, répondit Klaus, la voix un peu pâteuse, avec un petit signe pour Prunille qui fonçait vers eux. Vous avez bien avancé, Hector et toi, dans son atelier ?

— Oh ! Hector s'est endormi avant minuit, mais j'ai découvert deux ou trois failles dans la conception de son engin. La conductivité était mauvaise, à cause de problèmes dans le générateur électromagnétique. En conséquence, le gonflement des ballons était souvent inégal ; j'ai donc reconfiguré une ou deux tubulures essentielles. En plus, le système de circulation d'eau se faisait par des conduits mal adaptés, si bien que l'autonomie de l'unité Vivres et Provisions n'aurait pas été parfaite ; alors j'ai revu les circuits d'aqua-recyclage.

— Nim ! lança Prunille d'une petite voix enjouée, en rejoignant ses aînés.

— Salut, Prunille, répondit Klaus. Violette est en train de m'expliquer qu'elle a trouvé deux ou trois trucs qui clochaient dans l'invention d'Hector, mais qu'elle pense y avoir remédié.

— Cela dit, précisa Violette en prenant Prunille dans ses bras, j'aimerais bien tester tout le système avant le vrai décollage, si nous en avons le temps. Mais bon, dans l'ensemble, je suis assez confiante. C'est une invention fabuleuse. Et Hector dit vrai : cinq ou six personnes devraient pouvoir y vivre à l'aise dans les airs jusqu'à la fin de leurs jours. Et toi ? Tu as déniché ce qu'il te faut à la bibliothèque ?

— Plutôt. Ces bouquins sur les règles de S.N.P.V. sont même passionnants. J'y ai fait de sacrées découvertes. Par exemple, la règle n° 19 stipule clairement que, pour écrire, les habitants de S.N.P.V. n'ont le droit d'utiliser que des plumes de corbeau – c'est-à-dire ni crayon, ni feutre, ni stylo. Mais la règle n° 39 stipule par ailleurs qu'il est absolument interdit de fabriquer quoi que ce soit à partir des plumes de corbeau. Comment les gens de S.N.P.V. peuvent-ils obéir aux deux règles ?

— Peut-être en n'écrivant pas du tout, suggéra Violette. Mais ça n'a pas d'importance pour nous. Pas de découverte plus utile ?

— Si, dit Klaus, et il ouvrit l'un des volumes qu'il tenait sous le bras. Écoutez ce que dit la règle n° 2493 : « Tout condamné au bûcher est autorisé à prendre la parole avant que l'on allume le feu. » Il faut absolument foncer à la prison, ce matin, pour faire accorder ce droit à Jacques. Comme ça, il pourra dire qui il est, et pourquoi il a ce tatouage.

— Mais il a déjà essayé de le dire, hier, à l'assemblée, rappela Violette. Personne n'a voulu l'écouter.

— Je sais, dit Klaus. Mais attendez, j'ai lu autre chose...

Et, non sans contorsions, il ouvrit le deuxième livre.

— Toutoui ? s'enquit Prunille, autrement dit : « Ah ! tu as déniché une règle qui dit que les gens sont obligés d'écouter ? »

— Non, ce bouquin-ci n'est pas un livre sur les règles, c'est un manuel de psychologie – une étude de ce qui se passe dans la tête des humains. Il a été retiré de la bibliothèque municipale parce qu'il y a un passage sur les Cherokees, des Indiens d'Amérique. Ils confectionnent des trucs avec des plumes d'oiseaux, ce qui est contraire à la règle n° 39.

— C'est grotesque d'interdire un livre pour cette raison, commenta Violette.

— Bien d'accord, mais je remercie le ciel qu'il ait été ici, dans la grange, plutôt qu'à la bibliothèque publique, parce qu'il m'a donné une idée. Il y a tout un chapitre sur la psychologie des foules.

— Greg ? demanda Prunille.

— Oui, les foules – les gens rassemblés en grand nombre, un peu comme les corbeaux. Quand les humains sont en troupeau, ils ne réagissent pas du tout de la même façon que lorsqu'ils sont seuls ou en petit groupe. Surtout les foules en colère.

— Comme les gens à l'assemblée, hier soir, dit Violette. Vous avez vu cette hargne ? Ils étaient déchaînés.

— Absolument, approuva Klaus. D'après le bouquin, c'est à cause d'un truc qui s'appelle l'« instinct grégaire ». Une histoire de troupeau, je crois. Un truc qui fait que les gens agissent comme des moutons, en oubliant de réfléchir, alors que pris séparément, ils ne sont quand même pas tous stupides, ni méchants. Mais bon, écoutez ça, un peu. (Il cala le volume sur son genou, et lut à voix haute :) « Le potentiel de cohésion d'une foule subliminalement électrisée se révèle dans toute son ampleur lorsque des opinions individuelles – essentiellement, mais pas exclusivement agressives – s'expriment de manière emphatique en divers points stratégiques du champ stéréo de cette foule. »

— Électrisé ? Champ stéréo ? répéta Violette. On dirait la notice explicative d'une chaîne haute-fidélité.

— Oui, reconnut Klaus, c'est un bouquin un peu compliqué, avec des grands mots toutes les phrases. Par bonheur, il y a un dictionnaire dans la bibliothèque d'Hector. Interdit par les anciens parce qu'il contenait des mots comme « machine », « engin mécanique » et tout ça. Bref, si j'ai bien compris, cette phrase signifie que, dans une foule, si deux ou trois têtes de pipe bien réparties se mettent à crier fort leur rogne et leur grogne, toute la foule ne tarde pas à devenir agressive en bloc. À mon avis, c'est ce qui s'est passé hier. Deux ou trois des gens qui étaient là ont vociféré des choses, et toute la salle est devenue comme enragée.

— Voui, fit Prunille ; ce qui signifiait : « Exact. »

— Alors voilà ce qu'on va faire, reprit Klaus. On va aller devant la prison et on va exiger que Jacques fasse sa petite allocution, comme il en a le droit. Pendant qu'il parlera, nous, on se répartira dans la foule et on criera des trucs comme : « Il dit la vérité ! C'est vrai ! » Si la psychologie des foules fonctionne comme le dit ce bouquin, les gens devraient tous demander sa libération.

— Tu crois que ça va marcher ?

— D'après le bouquin, ça devrait. Ils disent bien que ça vaut aussi pour des opinions pas forcément agressives. Bon, franchement, moi aussi, j'aimerais mieux faire un petit essai d'abord, comme pour ton engin volant. Mais le temps manque. Et toi, Prunille, au fait, tu as découvert quelque chose, cette nuit ?

— Distic ! triompha la petite, brandissant un bout de papier.

Ses aînés se hâtèrent de lire le message.

Au début, cherchez bien, vous trouverez la clé ;
Il vous en faudra huit, que vous alignerez.

— Bravo, Prunille ! dit Violette. Un nouveau message d'Isadora, c'est clair.

— Clair, clair, modéra Klaus, façon de parler ! Trouver la clé, c'est bien joli, mais quelle clé ?

— Sûrement la clé pour ouvrir l'endroit où ils sont enfermés.

— Pas forcément ! Des clés, il y en a de toutes sortes. Clé de contact, clé à molette, clé de voûte...

— Déchan, glissa Prunille.

— Absolument, dit Klaus, sans parler des clés au judo, de la clé de sol...

— Admettons, concéda Violette, mais pourquoi huit ? Et pourquoi alignées ? Les clés, ce n'est pas fait pour être aligné.

— Saxo ! fit Prunille

— Très juste, approuva Klaus. Les clés d'un saxo, les clés d'une clarinette, tout ça, c'est aligné.

— Mais qu'est-ce qu'un saxo viendrait faire par ici ?

— OK. Ne nous égarons pas. À mon avis, il faut revenir au premier poème. Isadora le dit : « Au début... »

— Elle dit « au début », mais au début de quoi ? Les débuts, c'est comme les clés, il y en a des tas. Tout a toujours un début.

— N'empêche, s'entêta Klaus. Moi je dis que la clé est dans le premier poème.

Violette tira de sa poche les deux poèmes précédents, et les enfants relurent les trois à la suite.

Fourbement enfermés ici pour des saphirs,
Oh ! nous vous attendons, venez nous secourir !

Nul mot jusqu'au matin je ne puis énoncer.
Tout ce temps, triste bec devra rester cloué.

Au début, cherchez bien, vous trouverez la clé ;
Il vous en faudra huit, que vous alignerez.

— Cette histoire de bec ne tient toujours pas debout, marmonna Klaus.

— Leucophrys ! s'écria Prunille ; autrement dit : « J'ai une idée : ce sont les corbeaux qui livrent les messages ! »

Violette ouvrit de grands yeux.

— Les corbeaux ? Mais comment ?

— Loïdya ! répondit Prunille ; autrement dit :
« J'en suis sûre. Personne, absolument personne ne
s'est approché de l'arbre cette nuit, et au petit jour,
le bout de papier est tombé de ses branches. »

— J'ai entendu parler de pigeons voyageurs,
dit Klaus, des oiseaux spécialisés dans la transmis-
sion de messages. Mais des corbeaux voyageurs,
jamais.

— Peut-être qu'ils sont corbeaux voyageurs
sans le savoir, suggéra Violette. Peut-être que
Duncan et Isadora attachent ces bouts de papier
aux corbeaux d'une manière ou d'une autre – en
les leur glissant dans le bec, ou dans les plumes. Et
ensuite, pendant leur sommeil, les bouts de papier
tombent... Si c'est le cas, Isadora et Duncan sont
au village. Bon, mais où ?

— Kô ! fit Prunille, son petit doigt sur le
deuxième poème.

— Prunille a raison, s'écria Klaus, tout excité.
Isadora écrit : « Nul mot jusqu'au matin... » Ça veut
sans doute dire qu'elle envoie ses petits mots le
matin. Si c'est le cas, le matin, les corbeaux sont
rive gauche.

— Raison de plus pour aller rive gauche ce
matin, décida Violette. *Primo*, on sauve Jacques du
bûcher ; *secundo*, on cherche les Beauxdraps. Bien

joué, Prunille ! Maintenant, filons réveiller Hector et en route ! Le bûcher, ils doivent l'allumer en début de matinée.

— Crédié ! fit Prunille, autrement dit : « Hé ! il n'y a pas une seconde à perdre ! »

Sans perdre une seconde, les enfants traversèrent la bibliothèque – et les sœurs Baudelaire n'en crurent pas leurs yeux. Comment Klaus avait-il fait pour dénicher des données utiles au milieu de cette profusion ? Les derniers rayons étaient si haut perchés qu'il fallait une triple échelle pour les joindre, les premiers si bas placés qu'il fallait ramper pour lire les titres. Il y avait là des volumes si épais qu'ils semblaient impossibles à soulever, d'autres si minces qu'ils en étaient presque invisibles. Certains avaient l'air si rébarbatifs qu'ils vous donnaient envie de fuir ; pourtant c'était ceux-là qui s'empilaient sur la table, où Klaus les avait consultés toute la nuit.

Violette et Prunille auraient aimé explorer ce lieu fascinant, mais le temps manquait, le temps manquait, et Violette entraîna ses cadets dans l'atelier, tout au fond de la grange. Là, Klaus et Prunille découvrirent, avec un petit choc, l'engin d'Hector, qui était vraiment une fabuleuse invention. Douze immenses nacelles, chacune de la taille d'une chambre à coucher, étaient stockées dans un angle, reliées par tout un réseau de tubulures, de câbles et de fils variés, et encerclées d'une armada de cuves, de citernes, de barils, de bidons, de cruches, de sacs en papier, d'ustensiles en plastique, de pelotes de ficelle, sans oublier une série d'appareils compliqués avec boutons, manettes et cadrans, ni une montagne de toile imperméable : les ballons dégonflés.

La maison volante à air chaud d'Hector – pardon, son aérostat habitable absolument autonome – était tellement immense et complexe que Prunille et Klaus ne savaient où poser les yeux. Mais le temps manquait, le temps manquait, et Violette, sans perdre une seconde, fila droit vers l'une des nacelles – laquelle, à la surprise de ses cadets, se révéla contenir un lit, lequel se révéla contenir un Hector endormi.

— Ah ! bonjour les enfants. Ça va bien ? marmotta l'intendant lorsque Violette l'eut éveillé en le secouant doucement par l'épaule.

— Ça va même très bien, répondit-elle. Nous avons fait de précieuses découvertes. Nous vous expliquerons tout en chemin. Et maintenant, vite, en route pour la rive gauche !

— Rive gauche ? répéta Hector, enjambant le rebord de la nacelle. Rive droite, tu veux dire. La gauche est couverte de corbeaux, le matin. C'est rive droite que nous commençons le travail.

— On ne travaille pas, ce matin, répondit Klaus, catégorique. Ça fait partie des choses à vous expliquer en chemin.

Hector bâilla, s'étira, se frotta les yeux, puis il sourit aux trois enfants.

— Bon. Allez-y, expliquez.

Et, chemin faisant, les enfants expliquèrent.

Violette commença par informer Hector des améliorations apportées à son invention. Puis Klaus rapporta ce qu'il avait appris dans sa bibliothèque. Enfin Prunille exposa – avec traduction de ses aînés – ce qu'elle avait découvert sur la livraison des poèmes.

Le temps de tout expliquer et de montrer à Hector les nouveaux vers d'Isadora, et déjà ils atteignaient les premières maisons, ou plutôt les premiers corbeaux de la rive gauche.

— Donc, résuma Hector, Isadora et Duncan Beauxdraps sont quelque part ici, rive gauche. Mais où ?

— Nous n'en savons rien, reconnut Violette. Mais il vaut mieux essayer de sauver Jacques d'abord. Où se trouve la prison ?

— Juste en face de la fontaine Korax, répondit Hector. Mais je crois que vous l'auriez trouvée seuls. Regardez donc, droit devant.

Les enfants regardèrent. Droit devant cheminait un petit groupe de gens munis de torches.

— Le début de la matinée ne doit plus être loin, murmura Klaus. Dépêchons-nous.

Les enfants accélérèrent le pas au milieu des

corbeaux papotant, Hector à la traîne derrière eux, sans doute à cause de ses petits souliers. Ils atteignirent bientôt la place où se dressait la fontaine Korax – ou plutôt ce qu'on en devinait sous les corbeaux en ablutions matinales. De l'autre côté se dressait une bâtisse aux fenêtres munies de barreaux, dûment garnie de corbeaux. Devant l'entrée, des porteurs de torche formaient un cercle, et d'autres convergeaient de partout. Devant la prison, Mme Endemain semblait expliquer quelque chose à une poignée d'anciens dont les chapeaux branlaient, solennels.

— On arrive juste à temps ! chuchota Violette à ses cadets. Dispersons-nous tout de suite. Klaus, tu te rappelles ce que tu dois dire ? Prunille, va là-bas, sur la gauche. Moi, je me glisse sur la droite.

— Roger ! souffla Prunille, et elle se faufila discrètement entre corbeaux et chevilles.

— Je crois que je vais plutôt rester ici, murmura Hector, les yeux sur ses pieds.

Les enfants ne discutèrent pas. Klaus continua de marcher vers l'attroupement, puis il lança bravement, d'une voix à peine enrouée :

— S'il vous plaît ! La règle n° 2493 stipule que tout condamné au bûcher a droit à un temps de parole avant que le feu soit allumé !

— Oui ! chevrota Violette depuis l'aile droite de l'attroupement. Écoutons ce que Jacques a à dire !

Mais Prunille n'eut pas le temps de crier « Oyé ! », autrement dit : « Oui ! Écoutons-le ! », car une longue silhouette en uniforme s'avança vers Violette, un drôle de petit sourire écarlate sous la visière de son casque.

— Écouter le condamné ? dit-elle. Trop tard.

Et, avec un claquement de bottes, Mme Luciana s'écarta de côté, laissant à Violette le soin de découvrir ce qu'elle entendait par là. Prunille, de son côté, se fraya un chemin entre les pieds pour gagner l'avant de l'attroupement, tandis que Klaus étirait le cou par-dessus l'épaule de M. Lesko. Alors, les trois enfants découvrirent ce qui captivait tant la foule devant l'entrée de la prison.

Jacques gisait à terre, les yeux clos. Deux des anciens achevaient de le recouvrir d'un drap blanc, comme on borde un enfant pour la sieste. Mais Jacques ne faisait pas la sieste ; il ne la ferait plus jamais.

Les enfants Baudelaire étaient arrivés à temps pour lui éviter le bûcher, mais arrivés trop tard tout de même.

CHAPITRE
9

Annoncer les mauvaises nouvelles n'est généralement pas un plaisir, sauf pour les oiseaux de mauvais augure – et Mme Endemain était de ceux-là. Du plus loin qu'elle aperçut les orphelins, elle accourut vers eux, volubile.

— Vous vous rendez compte ? Je vois d'ici l'article

dans *Le petit pointilleux* ! « Avant même de périr au bûcher, le comte Omar est mystérieusement assassiné en prison. »

— Olaf, rectifia Violette, machinalement.

— Aha ! triompha la commère. Donc, vous le reconnaissez, maintenant !

— Nous ne le connaissons pas du tout, assura Klaus, prenant dans ses bras sa petite sœur qui s'était mise à pleurer sans bruit. Simplement, nous savons que c'est un innocent !

— Ceci n'est pas une affaire pour enfants, trancha Mme Luciana, impérieuse. Nous n'avons pas besoin de leurs commentaires.

Puis elle leva ses mains gantées de blanc afin de réclamer le silence et ajouta d'une voix forte :

— Mesdames, messieurs, citoyens de S.N.P.V., voici les faits. Hier soir, j'ai écroué le comte Olaf dans cette prison, comme convenu. Ce matin, à mon arrivée, je l'ai trouvé assassiné. Je dispose de l'unique clé de la prison. Son décès est donc une énigme.

— Une énigme ! jubila Mme Endemain, et derrière elle, la foule murmura. Une énigme ! Chez nous !

— Craps ! hoqueta Prunille entre deux sanglots muets ; autrement dit : « La mort d'un homme n'est pas un roman policier ! »

— Mais j'ai une bonne nouvelle, enchaîna Mme Luciana. Le célèbre détective Dupin, Arsène

Dupin, a accepté d'enquêter sur ce meurtre. À l'instant même, il inspecte la cellule du crime.

— Le célèbre détective Dupin ! s'enthousiasma M. Lesko. Vous rendez-vous compte !

— Jamais entendu parler de lui, grommela un ancien derrière Klaus.

— Moi non plus, reconnut M. Lesko. Mais je suis certain qu'il est réputé.

— Mais comment... balbutia Violette, s'efforçant de ne pas regarder la forme allongée sous le drap blanc, comment a-t-il été tué ? Il n'y avait donc personne pour le garder ? Et qui a pu s'introduire dans sa cellule, si elle était fermée à clé ?

Mme Luciana se tourna vers elle, et Violette vit son propre reflet obèse dans la visière du casque étincelant.

— Comme je viens de le dire, répéta l'officier de police d'un ton patient, ceci n'est pas une affaire pour enfants. Je demande que le grand diable en bleu de travail, là-bas, vous emmène jouer ailleurs, au lieu de vous laisser traîner sur les lieux d'un meurtre.

— Il ferait mieux encore de les emmener rive droite, où leurs travaux les attendent ! dit un ancien d'un ton sec.

— Minute ! lança une voix depuis le seuil de la prison.

Et les enfants Baudelaire se figèrent.

C'était une voix, hélas ! aisée à reconnaître – une voix sifflante, une voix sarcastique, une voix d'ironie mauvaise. Cette voix, ils l'entendaient partout depuis la disparition de leurs parents, et jusque dans leurs pires cauchemars.

Atterrés, ils tournèrent les yeux vers la prison. Le comte Olaf était là, sur le seuil, dans l'un de ses accoutrements grotesques – un costume inédit, bien évidemment. Sous une veste turquoise à vous faire mal aux yeux, il arborait un pantalon argenté brodé de petits miroirs scintillants. D'immenses lunettes noires lui mangeaient le haut du visage, camouflant son sourcil unique et ses petits yeux luisants, luisants. À ses pieds, de grosses chaussures montantes, vert vif rehaussé de jaune, masquaient son tatouage à la cheville. Mais le plus repoussant de tout était qu'il ne portait pas de chemise. Si bien qu'à l'échancrure de sa veste, sous un badge de détective au bout d'une grosse chaîne en or, on devinait son torse nu, hideusement pâle et velu, touche finale à l'horreur de cette apparition.

— Minute ! répéta-t-il en claquant dans ses doigts. On ne renvoie pas comme ça les suspects du lieu d'un crime. Pas sans l'autorisation expresse du détective Dupin !

— Mais ces orphelins ne sont pas des suspects, hasarda un ancien. Ce ne sont que des gamins !

Le comte Olaf fit claquer ses doigts derechef.

— On ne contredit pas le détective Dupin !

— Entièrement d'accord, approuva Mme Luciana avec un grand sourire pour le détective. Et
maintenant, dites-nous, M. Dupin. Avez-vous du
nouveau à nous communiquer ? Une information
capitale ?

— C'est nous qui avons une information capitale, intervint Klaus avec aplomb. Cet homme n'est
pas le détective Dupin. (L'assistance se figea, le
souffle coupé.) C'est le comte Olaf.

— Vous voulez dire le comte Omar, rectifia
Mme Endemain.

— Nous voulons dire le comte Olaf, soutint
Violette, regardant l'intéressé droit dans ses lunettes
noires. Oh ! vous pouvez bien vous cacher sous tous
les déguisements que vous voulez, nous savons
qui vous êtes. Vous êtes le comte Olaf, vous avez
kidnappé Isadora et Duncan Beauxdraps, et vous
avez assassiné Jacques.

— Jacques ? Qui donc est Jacques ? bredouilla
un ancien. Je n'y comprends plus rien.

— Oh ! mais moi je comprends ! s'écria Olaf
en claquant des doigts. Je suis le détective Dupin,
bien connu de tous les policiers. Je porte les tenues
qui me plaisent. Olaf est le nom de l'homme assassiné cette nuit et ces trois enfants... (il marqua
une pause afin de ménager le suspense)... ces trois
enfants sont les auteurs du crime !

— N'importe quoi, dit Klaus, écœuré.

Le comte Olaf sourit de son sourire maléfique.

— Mes chers petits, vous commettez une erreur en m'appelant comte Olaf. Une grave erreur. Et si vous continuez à m'appeler ainsi, vous mesurerez la gravité de votre erreur, croyez-moi. (Il se tourna vers l'assistance.) Naturellement, la plus grosse erreur de ces enfants, c'est d'avoir cru que leur crime resterait impuni.

Un murmure approbateur parcourut la foule.

— Ils ne m'ont jamais inspiré confiance, moi, ces orphelins, déclara Mme Endemain. Et si vous saviez comme ils ont massacré mes haies !

— Montrez-nous vos preuves à conviction, dit Mme Luciana au détective, et celui-ci claqua dans ses doigts, comme si, décidément, c'était du dernier chic.

— Bien sûr, bien sûr. On n'accuse pas sans preuve, mais croyez-moi, j'en ai. (Il tira de sa poche de veste un long ruban rose orné de fleurettes en plastique.) Tenez. J'ai trouvé ceci devant la cellule où était enfermé le comte Olaf. Exactement le genre de ruban avec lequel Violette Baudelaire attache ses cheveux.

Il y eut des « Oh ! » d'horreur, et Violette vit converger vers elle des regards choqués, accusateurs, effarés – ce qui n'est jamais une façon plaisante d'être regardé.

— Ce ruban n'est pas à moi ! se récria-t-elle, tirant de sa poche son vrai ruban. Le mien, le voilà !

— Et alors ? grogna un ancien. Tous les rubans se ressemblent.

— Pas du tout ! protesta Klaus. Celui qui provient du lieu du crime est rose avec des petites fanfreluches. Ma sœur n'aime pas les franfreluches et elle a horreur du rose !

— Et à l'intérieur de la cellule, enchaîna le détective Dupin, j'ai trouvé ceci. (Entre deux doigts, il brandissait un petit cercle transparent.) Un verre des lunettes de Klaus !

— Mais je n'ai pas perdu de verre de lunettes ! se récria Klaus, à son tour assailli de regards choqués, accusateurs, effarés.

Et il retira ses lunettes pour les montrer à la ronde.

— Ha ! gloussa Mme Luciana. Il ne suffit pas de remplacer un verre de lunettes ou un ruban pour se changer en innocent.

— En fait, reprit le détective, ces deux-là ne sont pas les meurtriers. Ils sont seulement impliqués dans le meurtre. (Il se pencha vers les enfants, soufflant sur eux son haleine fétide.) Bien sûr, de petits morveux comme vous ignorent ce que signifie impliqué, mais sachez...

— Impliqué, ça veut dire complice, on le sait

parfaitement ! riposta Klaus malgré lui. Mais qu'est-ce que vous inventez encore ?

Le détective Dupin se redressa, hautain.

— Oh ! je n'invente rien, je constate. C'est mon métier. Et j'ai relevé des marques de dents sur le corps de la victime. La marque de quatre dents tranchantes. Une seule personne au monde, une seule, est capable de mordre quelqu'un à mort – et c'est Prunille Baudelaire !

— Pour ça, cette petite a de sacrées dents, confirma un ancien. Je l'ai bien vu quand elle m'a servi ma coupe glacée praline-chantilly.

— Jamais Prunille n'a mordu quelqu'un à mort ! cria Violette, hors d'elle. Le détective Dupin ment.

— On n'accuse pas impunément le détective Dupin, répliqua le détective. Si vous nous disiez plutôt où vous étiez, hein, cette nuit ?

— Nous étions chez Hector, répondit Klaus. Il vous le dira lui-même. Hector, s'il vous plaît ! appela-t-il par-dessus la foule, dressé sur la pointe des pieds. Dites-leur que nous étions avec vous !

Les têtes se tournèrent, les oreilles se tendirent, les chapeaux-corbeaux s'inclinèrent de côté. On attendait un mot d'Hector.

Les trois enfants retinrent leur souffle, sur fond de silence de mort. Pour venir à leur secours, sûrement qu'Hector allait surmonter sa timidité maladive.

Mais rien ne vint. On n'entendait plus que la fontaine qui gargouillait et les corbeaux qui papotaient entre eux.

— Hector est un peu intimidé, quelquefois, quand il y a beaucoup de monde, expliqua Violette. N'empêche que c'est la vérité. J'ai passé la nuit entière à bricoler dans son atelier, et Klaus a passé la nuit à lire dans sa bibli...

— Arrêtez vos sornettes ! coupa Mme Luciana. Vous espérez nous faire avaler que notre brave intendant a une bibliothèque secrète ? Et puis quoi encore ? Dites qu'il bricole des engins mécaniques, tant que vous y êtes !

— Comme si ça ne vous suffisait pas d'avoir assassiné quelqu'un ! éclata un ancien. Il faut qu'en plus vous accusiez ce pauvre Hector de déloyauté ! Moi, je dis que notre beau village n'a rien à faire de pupilles comme vous ! Je dis qu'elle doit se démettre de son rôle de tuteur !

— Bien parlé ! approuvèrent des voix dans la foule, stratégiquement réparties, hélas…

— Je vais faire prévenir M. Poe immédiatement, poursuivit l'ancien, qu'il vienne vous reprendre. Et dans trois ou quatre jours, nous serons débarrassés !

— Trois ou quatre jours ? C'est bien trop long ! se récria Mme Endemain, et d'autres lui firent écho. C'est tout de suite qu'il faut nous débarrasser de ces galopins !

— Moi, je dis qu'ils méritent le bûcher ! déclara M. Lesko. La règle n° 201 est claire : l'assassinat est un crime !

— Mais nous n'avons assassiné personne ! protesta Violette. Un ruban, un verre de lunettes et une marque de dents ne sont pas des preuves suffisantes.

— Pour moi, elles suffisent amplement ! cria un ancien. Le bûcher est prêt, les torches aussi. Moi, je dis : ne perdons pas de temps !

— Holà, un instant ! l'arrêta un autre ancien. Pas question de brûler quiconque à la va-vite, n'importe quand, n'importe comment. (Les enfants respirèrent ; un habitant de S.N.P.V. résistait à l'instinct grégaire !) J'ai un rendez-vous important dans dix minutes, donc il est trop tard pour ce matin. Que diriez-vous de faire ça ce soir, à la fraîche ?

— Impossible, intervint un troisième. J'ai une soirée chez des amis. Pourquoi pas demain après-midi ?

— Oui, oui ! approuva quelqu'un. Demain en début d'après-midi ! C'est le moment idéal.

— Parfait ! cria M. Lesko.

— Parfait ! cria Mme Morrow.

— Gladji ! cria Prunille.

— Hector, au secours ! appela Violette. S'il vous plaît, dites-leur que nous ne sommes pas des assassins !

— Vous n'avez pas écouté, gloussa le détective Dupin avec un sourire de requin. Seule Prunille a commis un meurtre. Vous deux n'êtes que ses complices. Bien, et maintenant, par ici vous autres, la prison n'attend que vous.

De l'une de ses grandes mains osseuses, il saisit le poignet de Violette, puis celui de Klaus, et il cueillit Prunille de l'autre. Et, par-dessus son épaule, il lança à la foule :

— Mesdames, messieurs, à demain après-midi, devant le bûcher !

Sur quoi, il entraîna de force à l'intérieur du bâtiment sombre les trois enfants qui se débattaient.

La lourde porte claqua sur eux, aux acclamations de la foule.

— Je vous mets dans la cellule cinq étoiles, annonça Dupin. C'est la plus crasseuse.

Il les poussa, les faisant trébucher, le long d'un corridor obscur, bordé d'un alignement de cellules apparemment toutes vides – et toutes plus sales les unes que les autres, pour autant qu'on pouvait en juger.

— C'est vous qui serez bientôt sous les verrous, Olaf ! prédit Klaus, d'un ton qui se voulait assuré. Si vous croyez vous en tirer comme ça !

— Mon nom est Dupin. Et mon métier est de livrer les criminels à la police.

— Mais si vous nous passez par le bûcher, dit

Violette, jamais vous ne mettrez la main sur la fortune Baudelaire.

Pour toute réponse, au fond du couloir suivant, Dupin jeta les trois enfants dans un galetas.

C'était un réduit étriqué, empestant le moisi à plein nez, avec un banc de bois pour tout mobilier. Le peu de jour qui tombait de la lucarne montrait que Dupin n'avait pas menti : l'endroit était d'une saleté infâme.

Le détective voulut refermer la porte, mais il faisait bien trop sombre pour distinguer la poignée avec des lunettes noires sur le nez, si bien qu'il les retira d'un geste rageur. Les enfants eurent un choc. Ils avaient beau haïr ce déguisement grotesque, c'était pire encore de revoir en vrai ce sourcil féroce et surtout, surtout ces petits yeux luisants qui les hantaient depuis des mois.

— Rassurez-vous, dit-il de sa voix sifflante. Vous ne finirez pas au bûcher. Pas tous les trois, du moins. Demain, en début d'après-midi, l'un de vous s'évadera par miracle – si l'on peut qualifier de miracle un enlèvement par l'un de mes assistants. Les deux autres, peu m'importe ce qu'il adviendra d'eux. Car il est une chose que vous semblez ignorer, petits morveux, mais qui n'a pas échappé à mon génie : il se peut qu'il faille tout un village pour élever un enfant, mais il suffit d'un enfant pour hériter d'une fortune !

Sur ce, avec un grand rire rauque, l'odieux personnage tira la porte derrière lui.

— Oh ! mais j'ai le cœur bon, vous savez, conclut-il, la tête dans l'entrebâillement de la porte. Je vous laisse décider vous-mêmes lequel de vous aura l'honneur de m'escorter pour la suite, et lesquels finiront rôtis. Je reviendrai demain en début d'après-midi pour recueillir votre décision.

Et il claqua la porte à grand coup.

La clé tourna dans la serrure, le pas de l'ennemi s'éloigna.

Une fois de plus, les trois enfants sentaient des choses inhabituelles au creux de leurs estomacs – leurs estomacs qui pourtant avaient depuis longtemps digéré les *huevos rancheros* de la veille.

Mais ce n'était pas des papillons, cette fois, qu'il leur semblait avoir avalés. Ni même des corbeaux frémissants. Non, c'était plutôt des briques – quatre ou cinq grosses briques chacun, en guise de petit-déjeuner.

CHAPITRE
10

Vous l'avez peut-être noté, un mot revient souvent dans ce récit : idée. Rien d'étonnant. Les enfants Baudelaire ne manquent pas d'idées, par bonheur, et le comte Olaf a son idée, c'est le moins que l'on puisse dire.

Les idées sont chose étrange. Une idée, on ne sait trop ce que c'est, ni d'où ça vient, ni où ça loge. Tantôt on l'a en tête, tantôt derrière la tête. Avoir une petite idée vaut parfois mieux qu'en avoir de grandes. N'avoir pas la moindre idée est d'ordinaire fâcheux, mais se faire des idées n'est pas fameux non plus. Certaines idées sont fixes, d'autres vous trottent dans la tête. Certaines sont censées être noires, mais qu'en savons-nous, puisqu'elles sont invisibles ? Et, bien que nul n'ait jamais touché une idée, nous parlons souvent de les combattre, de les repousser – ou de les caresser.

— C'est une idée que je rejette absolument ! s'étranglait Violette. Nous demander de choisir, de nous trois, qui va rôtir et qui va finir entre ses griffes ? Moi vivante, jamais ! Il peut toujours courir !

Elle oubliait, naturellement, que leurs ennuis venaient de là : le comte Olaf courait toujours.

D'un autre côté, elle en oubliait aussi d'avoir peur ; c'est l'une des vertus de l'indignation.

— Mais que faire ? s'interrogeait Klaus. Essayer de prévenir M. Poe ? Et comment ?

— M. Poe ? De toute manière, il songerait d'abord à la réputation de sa banque. Le temps qu'il lève le petit doigt... Non. Nous allons nous évader. Enfin, essayer de le faire.

— Frulk ! commenta Prunille.

— Oui, Prunille, je l'ai remarqué. C'est une prison. N'empêche, il y a sûrement moyen d'en sortir.

Et Violette tira son ruban de sa poche pour s'en attacher les cheveux, mais à vrai dire, ses doigts tremblaient un peu. Sa voix était pleine d'assurance, mais le fond de son cœur l'était moins. Une prison, c'est bâti spécialement pour tenir les gens enfermés. En sortir est donc assez malaisé, même pour un esprit ingénieux. Ce qui manque, ce sont les outils.

Les rouages de son génie inventif tournant avec fièvre, Violette inspecta leur cellule. Ses yeux se posèrent d'abord sur la porte, en scrutant chaque centimètre carré.

— Si tu bricolais un rossignol pour crocheter la serrure ? suggéra Klaus, plein d'espoir. Chez l'oncle Monty – tu te souviens ? – tu en avais fabriqué un qui avait joliment bien marché.

— Oui, mais là, non, répondit Violette. La porte ferme de l'extérieur. De l'intérieur, un rossignol ne servirait à rien.

Elle ferma les yeux une seconde pour se concentrer, puis les rouvrit et les posa sur la lucarne à barreaux, haut perchée dans le mur. Ses cadets suivirent son regard. Eux aussi essayaient d'avoir une idée de génie.

— Boïkilio ? suggéra Prunille, autrement dit : « Si tu bricolais un fer à souder pour faire fondre ces barreaux ? Ceux que tu avais fabriqués boulevard Noir n'avaient pas marché, mais seulement parce qu'on était arrivés trop tard ! »

— Oui, mais là, non, répondit Violette. Même si j'arrivais à en bricoler un, même si nous faisions fondre les barreaux, même si je grimpais sur ce banc avec Klaus sur les épaules, atteindre la lucarne ne servirait à rien. Regarde comme l'ouverture est étroite, côté rue : même toi, tu ne pourrais pas t'y glisser.

— Et si Prunille grimpait sur nos épaules pour crier à la fenêtre et attirer l'attention ? reprit Klaus. Peut-être que quelqu'un viendrait à notre secours ?

— Grâce à la psychologie des foules, les gens d'ici nous voient comme des criminels, rappela Violette. Aucun n'en démordra. Qui, à ton avis, volerait au secours d'un bébé meurtrier et de ses complices ?

Brusquement, elle s'agenouilla pour inspecter le dessous du banc, et elle étouffa un juron.

— Kékya ? s'informa Prunille.

— J'espérais que ce banc était fait de planches assemblées avec des vis ou des clous. Les vis et les clous, ça peut toujours servir, mais là, rien à faire ! C'est juste un bloc de bois massif, sans intérêt. Je n'ai vraiment aucune idée.

Klaus et Prunille s'assombrirent.

— Il va t'en venir une, dit Klaus.

— À moins qu'il t'en vienne une à toi, dit Violette, s'asseyant sur le banc. Tu peux très bien avoir lu quelque chose qui nous serait utile.

À son tour, Klaus ferma les yeux et se concentra.

— En inclinant ce banc, dit-il au bout d'une minute, on obtiendrait une rampe. Dans l'Égypte ancienne, on se servait de rampes pour bâtir les pyramides.

— Bâtir une pyramide ! s'emporta Violette. On a bien besoin de ça ! Ce qu'il nous faut, c'est de quoi nous évader de prison !

— Hé ! se défendit Klaus. Pas besoin de me crever les tympans ! Sans toi et tes rubans crétins, on n'y serait même pas, en prison !

— Et sans tes stupides lunettes, on n'aurait jamais été arrêtés !

— Stop ! fit Prunille de sa petite voix aiguë.

Ses aînés se décochèrent chacun un dernier regard féroce, puis ils respirèrent un grand coup. Violette se poussa de côté sur le banc afin de faire place à ses cadets.

— Asseyez-vous donc, dit-elle d'une voix morne. Je te demande pardon, Klaus. Je n'aurais pas dû te crier dans les oreilles. Je sais que tu n'y es pour rien.

— Ditto, répondit Klaus. Et tu n'y es pour rien non plus. Mais c'est tellement exaspérant, cette histoire ! Pas plus tard que tout à l'heure, je nous croyais sur le point de retrouver nos amis et de sauver ce pauvre Jacques.

Violette eut un frisson.

— Mais nous sommes arrivés trop tard pour lui, murmura-t-elle. Nous ne savons même pas qui c'était, ni pourquoi il avait cet œil tatoué sur la cheville. Une seule chose est sûre : ce n'était pas le comte Olaf.

— Peut-être qu'il avait travaillé avec le comte Olaf, suggéra Klaus. Il a dit que ce tatouage était en rapport avec son métier, non ? Quelque chose comme ça. Tu crois qu'il faisait partie de la troupe d'Olaf ?

— Hmm, je ne pense pas. Aucun des complices d'Olaf ne semble avoir ce tatouage, d'ailleurs. Si seulement Jacques était encore en vie ! J'ai dans l'idée qu'il aurait plein de choses à nous dire.

— Péreg, soupira Prunille ; ce qui signifiait : « Si seulement Duncan et Isadora étaient là ! Ils nous diraient ce qu'ils savent sur S.N.P.V. »

— Ce qu'il nous faudrait, maintenant, marmonna Klaus, c'est un *deus ex machina*.

— Un quoi ? demanda Violette.

— C'est du latin de théâtre, ça veut dire un « dieu sorti d'une machine ». Tu sais, comme dans une tragédie, quand la situation est désespérée, et qu'un personnage surnaturel descend du plafond, grâce à une espèce de treuil, pour tout arranger quand on n'y croyait plus. Dans la vraie vie, un *deus ex machina*, ce n'est même pas forcément une personne ; ça peut être aussi une chose, un truc, n'importe quoi. En tout cas, c'est ce qu'il nous faudrait.

À cet instant, la serrure cliqueta et la lourde porte s'ouvrit, poussée par Mme Luciana, les lèvres pincées sous la visière de son casque. D'une main, elle tenait une miche de pain et, de l'autre, un broc d'eau.

— Tenez, les orphelins. Je vous aurais bien laissés jeûner, mais la règle n° 141 stipule que tous les prisonniers doivent recevoir du pain et de l'eau, alors voilà.

Elle plaqua son offrande dans les mains de Violette, tourna les talons et redisparut sur un dernier cliquetis de serrure.

Violette contempla un instant le pain, qui avait tout l'attrait d'une éponge, et le broc de fer émaillé, orné d'un motif de corbeaux – sept corbeaux volant en cercle.

— Au moins, dit-elle, voilà de quoi nourrir nos petites cellules grises. Pour fonctionner correctement, elles ont besoin de nutriments et d'eau.

Elle aida Prunille à boire au broc et tendit la miche à Klaus, qui contempla ce pain longuement. Soudain il se tourna vers ses sœurs, et ses yeux brillaient d'un éclat suspect.

— Je viens de me souvenir d'une chose, dit-il d'une petite voix triste. C'est mon anniversaire, aujourd'hui.

Violette lui pressa l'épaule.

— Oh, Klaus ! murmura-t-elle, c'est vrai. Tu as treize ans, ce matin. Et nous n'y avons même pas pensé.

— Moi non plus, je n'y pensais pas, dit-il, les yeux sur la miche. C'est ce pain qui m'y a fait penser. Vous vous souvenez ? Pour mes douze ans, nos parents nous avaient fait ce pouding de pain perdu...

Violette posa le broc par terre et sourit.

— Si je m'en souviens ? Jamais mangé pire dessert !

— Vom, renchérit Prunille.

— C'était la première fois qu'ils testaient cette recette, se rappela Klaus. Ils voulaient faire quelque chose de spécial pour fêter dignement mes douze ans, mais c'était trop cuit, détrempé, gluant. Ils avaient promis que pour mes treize ans, j'aurais le meilleur gâteau du monde. (Il retira ses lunettes pour s'essuyer les yeux.) Je ne voudrais pas avoir l'air d'un enfant gâté, mais j'espérais un peu mieux, pour mon anniversaire, que du pain et de l'eau.

— Chift, fit Prunille d'une voix gentille, et elle mordit la main de son frère, tout doux, en marque d'affection.

Violette referma les bras sur lui et serra fort.

— Prunille a raison, dit-elle, sentant monter ses larmes. Tu n'es pas un enfant gâté.

Et les trois enfants pleurèrent un moment sans bruit, blottis tous trois sur le banc. Le dernier anniversaire de Klaus ne remontait pas si loin – douze mois très exactement – et pourtant comme il semblait flou, déjà ! Le souvenir du pouding raté paraissait aussi fuyant que la première apparition de S.N.P.V. sur l'horizon. C'était étrange, cette impression d'un passé à la fois proche et lointain, et les trois enfants pleuraient en repensant à leurs parents, aux petits bonheurs de leur vie d'avant, à tout ce qui leur avait été enlevé en un instant, ce terrible jour, à la plage.

Enfin leurs larmes tarirent. Violette s'essuya les yeux d'un revers de main et s'arracha un sourire.

— Klaus, dit-elle, bon anniversaire. Prunille et moi sommes disposées à t'offrir le cadeau de ton choix. Tout ce qui peut se trouver dans cette cellule cinq étoiles est à toi, il te suffit de le demander.

— Merci, répondit Klaus, souriant à son tour, et il parcourut des yeux le réduit crasseux. Ce que je voudrais, en réalité, c'est un *deus ex machina*.

— Oh ! moi aussi, reconnut Violette.

Et elle prit le broc pour boire à son tour, mais elle ne le porta pas à ses lèvres. Elle regardait le mur devant elle. Brusquement, elle posa le broc, se leva, gagna le mur d'un bond et, du doigt, gratta la crasse pour voir de quoi la maçonnerie était faite. Puis elle se retourna vers ses cadets, avec un franc sourire cette fois, et dit :

— Bon anniversaire, Klaus ! Mme Luciana nous l'a apporté, notre *deus ex machina*.

— Elle ne nous a pas apporté de dieu sorti d'une machine, objecta Klaus. Elle nous a apporté de l'eau.

— Brioche! compléta Prunille, autrement dit : « Et du pain ! »

— Les choses étant ce qu'elles sont, dit Violette, c'est ce qui se rapproche le plus d'un *deus ex machina*. En tout cas, n'attendons pas mieux. Levez-vous de ce banc, vous deux. Nous allons en avoir besoin. Il va nous servir de rampe, exactement comme le disait Klaus.

Violette plaça la miche de pain au pied du mur, directement sous la lucarne, puis elle souleva le banc et l'inclina vers la muraille, à l'aplomb de la miche de pain.

— Nous allons verser l'eau sur le banc, expliqua-t-elle, de manière qu'elle dévale la pente et se jette contre le mur. Ensuite, l'eau coulera le long du mur et sera absorbée par le pain. Il suffira de presser le pain comme une éponge pour récupérer l'eau dans le broc et tout recommencer à zéro.

— Et alors? demanda Klaus.

— Alors, les murs de cette cellule sont en briques. Des briques assemblées au mortier. Le mortier n'est qu'une espèce d'argile qui durcit comme de la colle, et donc un solvant du mortier doit pouvoir desceller les briques et permettre d'ouvrir une brèche dans le mur. Ce que j'espère, c'est arriver à dissoudre le mortier à force de faire couler de l'eau dessus.

— Tu crois que ça se peut ? demanda Klaus. Un mur, c'est coriace ; et l'eau est tellement inoffensive !

— L'eau ? le contredit Violette. C'est l'une des forces les plus puissantes, les plus agressives de la planète. Rappelle-toi comme les vagues de la mer rongent les falaises.

— Tenax ! répliqua Prunille ; autrement dit : « Oui, mais elles y mettent des années, et nous n'avons que quelques heures ! »

— Raison de plus pour ne pas perdre une seconde, rétorqua Violette. Au boulot ! Il va falloir tenir toute la nuit. Bon, je vais me placer ici, et garder le banc incliné comme ça... Toi, Klaus, tu vas verser l'eau. Et toi, Prunille, tu te mets à côté du pain, et tu nous le rapportes – sans l'écrabouiller – dès qu'il est gorgé d'eau. Prêts ?

Klaus saisit le broc et l'éleva à la hauteur de l'extrémité du banc. Prunille alla se poster près de la miche de pain – presque aussi grosse qu'elle.

— Prêts ! dirent-ils à l'unisson.

Et la grande opération « Ronge-mortier » commença. L'eau dévala le plan incliné et se jeta contre le mur, puis elle ruissela allègrement le long des briques et fut absorbée par le pain. Vive comme une puce, Prunille rapporta le pain à Klaus, qui l'essora au-dessus du broc afin de récupérer l'eau, puis la versa de nouveau sur le plan incliné, et tout recommença.

Au début, ce petit jeu ne sembla guère plus efficace que de hurler à la lune, ou que d'arrêter un rhinocéros au galop avec un foulard de soie. Mais peu à peu il apparut que l'eau – contrairement au foulard de soie – est bel et bien l'une des forces les plus agressives de la planète. Dès la mi-journée, alors qu'un grand froufrou d'ailes annonçait l'envol des corbeaux pour la rive droite, le mortier avait pris, en surface, une vague consistance de bouillie. Quelques heures plus tard, lorsque la première étoile scintilla à la lucarne, les interstices entre les briques donnaient ici et là des signes de fatigue.

— Gresto, commenta Prunille, la mieux placée pour observer les progrès.

Ce qui signifiait, en gros : « Ça avance, ça avance. Pas de doute, l'eau ronge encore mieux que moi. »

— Excellente nouvelle, se réjouit Klaus en inclinant le broc. Si ton invention nous tire d'affaire, Violette, ce sera le plus beau cadeau d'anniversaire que tu m'aies jamais fait. Plus chouette encore que ce recueil de poèmes finnois que tu m'avais offert pour mes huit ans.

Violette étouffa un bâillement.

— À propos de poèmes, si nous réfléchissions un peu à ceux d'Isadora ? Nous n'avons toujours pas trouvé où le comte Olaf les tient enfermés, elle et Duncan. Et discuter nous tiendra éveillés.

— Bonne idée, dit Klaus.

Et il récita les trois distiques à voix haute :

Fourbement enfermés ici pour des saphirs,
Oh ! nous vous attendons, venez nous secourir !

Nul mot jusqu'au matin je ne puis énoncer.
Tout ce temps, triste bec devra rester cloué.

Au début, cherchez bien, vous trouverez la clé ;
Il vous en faudra huit, que vous alignerez.

Alors, sans ralentir la cadence, les trois enfants se mirent à débattre sur ces vers, chacun essayant de mettre le doigt sur ce qui lui semblait le plus étrange.

— Moi, ce qui m'intrigue, disait Violette tout en tenant le banc d'une main ferme, c'est le premier vers. Pourquoi nous dire : « pour des saphirs » ? On le sait, que ce sont ces saphirs que convoite le comte Olaf ! Et « fourbement » ne nous apprend rien non plus. Qu'Olaf soit fourbe, on le savait déjà ! Quant à « enfermés ici », c'est bien joli, mais où ici ?

— Moi, ce qui me tracasse, disait Klaus en inclinant le broc, c'est cette histoire de clé. « Au début, cherchez bien, vous trouverez la clé. » Quelle clé ?

Au début de quoi ? Et pourquoi huit, pourquoi les aligner ?

— Pico, disait Prunille tout en regardant le pain spongieux se gorger d'eau.

Ce qui signifiait : « Moi, c'est ce triste bec qui me chagrine. Un bec, c'est un peu comme des dents. Pourquoi celui-ci doit-il rester cloué ? »

Jusqu'au matin, les trois orphelins se creusèrent la cervelle, jusqu'au matin, ils déversèrent de l'eau sur le mur. Mais quand le petit jour prit la relève de la lune pour éclairer chichement leur cellule, la dissolution du mortier avait nettement plus avancé que la résolution de l'énigme.

— Décidément, déclara Violette lorsque le premier bruissement d'ailes annonça le retour des corbeaux, la poésie est un grand mystère. Discuter toute la nuit n'aura servi à rien.

— Ce qu'il nous faudrait, dit Klaus, c'est une nouvelle dose de *deus ex machina*. Sans quoi, même si nous nous évadons, nous ne saurons pas où aller pour délivrer Isadora et Duncan.

« Psst ! » fit soudain une voix à la lucarne. Les orphelins sursautèrent et faillirent bien tout laisser choir. « Psst, les enfants ! Vous m'entendez ? »

Ils levèrent les yeux. Une tête obstruait la lucarne.

— Qui est là ? chuchota Violette. On vous voit très mal.

— C'est moi, Hector, chuchota la voix. Je suis censé être rive droite pour les corvées du matin, mais je suis venu en avance pour passer vous voir.

— Vous pourriez nous aider à sortir d'ici ? souffla Klaus.

Durant quelques secondes, les enfants n'entendirent plus que les ébats de corbeaux à la fontaine. Puis Hector souffla, très bas :

— Vous aider à sortir ? Mais comment ? L'unique clé est dans la poche de Mme Luciana. Je ne vois vraiment pas ce que je pourrais faire.

— Dala ? suggéra Prunille.

— Ma sœur voudrait savoir si vous comptez dire aux anciens que nous étions avec vous, la nuit du meurtre. Comme ça, ils comprendraient que nous n'y sommes pour rien.

Il y eut un nouveau silence.

— Non, soupira Hector. La vue des anciens me coupe les bras et les jambes, vous le savez bien. Quand ce Dupin vous a accusés, hier matin, j'ai failli prendre la parole. Et puis ces chapeaux-corbeaux m'ont cloué le bec. N'empêche, je viens de penser à une chose que je peux faire.

Klaus avait posé le broc et tâtait le mortier entre les briques. Il continuait à se ramollir, mais le mur céderait-il ? Et céderait-il à temps ?

— Ah ? Et quoi ? demanda-t-il à Hector.

— Je vais préparer ma maison volante à air

chaud pour un décollage immédiat. J'attendrai tout l'après-midi dans la grange et, si vous vous évadez, je vous emmène !

— Bien, fit Violette un peu déçue. (D'un adulte dans la force de l'âge, elle aurait cru pouvoir espérer davantage.) Nous évader, justement, c'est ce que nous essayons de faire, là, maintenant. Qui sait, on y arrivera peut-être à temps ?

— Vous êtes en train de vous évader, là, maintenant ? Alors, il vaut mieux que je file... Simplement, je voulais vous dire, si jamais nos chemins ne se croisaient plus : bien content de vous avoir rencontrés ! Oh ! et j'allais oublier...

Hector passa les doigts à travers les barreaux, et un petit rouleau de papier tomba de la lucarne.

— C'est encore un distique, dit-il. Pas plus clair que les premiers, à mon avis, mais vous y comprendrez peut-être quelque chose. Au revoir, les enfants ! À tout à l'heure, j'espère.

— Au revoir, Hector, dit Violette sèchement. À tout à l'heure, je l'espère aussi.

— Arva, mâchouilla Prunille.

Hector s'attarda une seconde, comme s'il attendait un mot de Klaus, puis il redisparut sans bruit, et l'on n'entendit plus que les corbeaux, tout à leurs activités matinales.

Violette et Prunille se tournèrent vers leur frère, un peu étonnées de son silence – même si, à vrai dire, Hector s'était montré si décevant qu'elles pardonnaient à Klaus sa froideur.

Mais Klaus n'était pas en train de bouder, pas du tout. Klaus avait les yeux sur le dernier poème d'Isadora et, dans la lueur de l'aube, ses sœurs virent ses traits s'éclairer. Mieux : il lui venait un sourire, un de ces sourires intérieurs, comme lorsqu'on sourit tout seul.

Sourire tout seul est assez rare, à moins de lire un livre drôle ou de voir quelqu'un qu'on déteste se renverser du café sur la cravate. Mais le cachot ne contenait ni livres drôles ni café à se renverser sur la cravate, et Klaus avait donc forcément une autre raison de sourire.

Klaus souriait tout seul parce qu'il avait une idée, une idée qui changeait tout. Et, lorsqu'il tendit à ses sœurs le nouveau poème d'Isadora, elles eurent une petite idée de ce qui faisait sourire Klaus.

CHAPITRE
11

*Notez le mot formé, puis
l'œil fera le reste,
Et où sont vos amis deviendra
manifeste.*

— N'est-ce pas que c'est merveilleux ? disait Klaus, souriant jusqu'aux oreilles. N'est-ce pas que c'est fabuleux ?

— Gidéon, fit Prunille ; autrement dit : « Ça le serait davantage si ça nous disait enfin où se trouvent Isadora et Duncan. »

— Mais ça nous le dit ! soutint Klaus, tirant de sa poche les poèmes précédents. Regardez bien. Reprenons tout dans l'ordre.

Fourbement enfermés ici pour des saphirs,
Oh! nous vous attendons, venez nous secourir!

Nul mot jusqu'au matin je ne puis énoncer.
Tout ce temps, triste bec devra rester cloué.

Au début, cherchez bien, vous trouverez la clé;
Il vous en faudra huit, que vous alignerez.

Notez le mot formé, puis l'œil fera le reste,
Et où sont vos amis deviendra manifeste.

— Ben mon vieux, déclara Violette, tu es drôlement plus doué que nous pour l'analyse poétique! Parce que, franchement, je ne vois pas en quoi ce dernier poème éclaire les autres.

— Mais si! insista Klaus. D'ailleurs, c'est toi qui m'as soufflé l'idée. Souviens-toi: tu faisais remarquer que des débuts, il y en a de toutes sortes.

— Oui, mais tu disais que « au début » signifiait forcément: dans le premier vers.

— Et j'avais tort. Je n'ai jamais été aussi heureux de ma vie d'avoir tort. Comme tu le disais, toi, il s'agissait d'un autre début. Et maintenant, ça me saute aux yeux. Isadora nous souffle bel et bien où ils sont cachés, mais en langage codé, pour ne pas prendre de risques – comme l'avait fait tante Agrippine dans son billet, tu te rappelles?

— Évidemment que je me rappelle. Mais ça ne me saute pas aux yeux, à moi.

— Regarde mieux. «Au début, cherchez bien, vous trouverez la clé.» Et la clé à trouver, c'est la première lettre de chaque vers ! Maintenant, vas-y. Allez-y toutes les deux, prenez la première lettre de chaque vers. Qu'est-ce que vous trouvez ?

— «Fourbement mmm mmm mmm», lut Violette. F. «Oh ! nous vous, mmm mmm mmm ! » O.

— «Nul mot mmm mmm mmm mmm», enchaîna Klaus. N. «Tout ce temps, mmm mmm mmm.» T.

— «Au début, mmm mmm mmm», reprit Violette. A. «Il vous en mmm mmm mmm.» I.

— Enneu ! compléta Prunille d'un trait.

Et le trio s'écria en chœur :

— FONTAINE !

— La fontaine Korax, conclut Klaus. Isadora et Duncan sont là, juste derrière ce mur !

— Attends, dit Violette. Dans la fontaine, tu crois ? Comment peuvent-ils être enfermés dans une fontaine ? Et si c'était le cas, explique-moi comment Isadora aurait confié ses poèmes aux corbeaux ?

— Ces questions, on se les posera une fois dehors. Pour l'instant, on reprend l'opération «Ronge-mortier», *presto* ! Il faut que ce mur soit par terre avant l'arrivée de Qui-vous-savez.

— Et avant l'arrivée d'une meute bien décidée à nous faire griller, par la vertu de l'instinct grégaire.

En trois bonds de lapin, Prunille reprit son poste au pied du mur. De sa petite main, elle le palpa et signala :

— Bouyi !

Ce qui signifiait quelque chose comme : « Le mortier est tout mou ! Encore un petit effort ! »

Mais Violette tira son ruban de sa poche et marmonna en attachant ses cheveux :

— Plus le temps. Regardez à la fenêtre. Le soleil monte. La matinée avance.

— Accélérons le mouvement, dit Klaus.

— Non, ça ne suffira pas. Il faut trouver autre chose. Imaginer un autre angle d'attaque. Ce banc, par exemple ; pour changer un peu, j'en ferais bien un bélier.

— Ram ? fit Prunille.

— Oui, un bélier, répéta Violette. En plus du mari de la brebis, c'est le nom d'une machine de guerre du temps des châteaux forts – souvent une simple poutre, parfois ornée d'une tête de bélier, dont on se servait pour enfoncer les portes et les murailles. En général, c'était pour entrer quelque part, mais nous, on va s'en servir pour sortir !

Elle empoigna le banc par un bout et indiqua le mur.

— Il faut essayer de foncer tout droit et de heurter le mur de toutes nos forces à l'endroit où il est affaibli. Prunille, grimpe sur les épaules de Klaus. Et maintenant, vous deux, prenez l'autre bout du banc. Je crois qu'à nous trois, nous devons pouvoir faire un bélier fort honorable.

Klaus et Prunille prirent position et le trio fut prêt à tester la dernière invention de Violette. Les deux sœurs étaient cramponnées au banc, et Klaus cramponné à Prunille afin d'empêcher le choc de la désarçonner.

— Maintenant, annonça Violette, on prend du recul, et à trois, on fonce dans le mur. On vise bien l'endroit où le mortier est ramolli, hein ? C'est notre seule chance. Prêts ? Uun, deeux, trois !

Bram ! Le banc de bois, à pleine vitesse, emboutit le mur violemment. Au bruit du choc, on aurait cru la prison sur le point de s'écrouler, mais à mieux y regarder, c'est à peine si deux ou trois briques avaient l'air esquintées.

— On recommence ! lança Violette. Uun, deeux, trois !

Et bram ! Dehors, un bruit d'ailes en déroute trahit l'émoi des corbeaux. Trois briques de plus semblaient avoir souffert du choc, l'une d'elles s'était fissurée.

— Ça marche ! exulta Klaus. Notre bélier fonctionne !

— Iiin, deuuu, minga ! lança Prunille, et une fois de plus, le banc de bois emboutit le mur.

— Ouille ! cria Klaus en sautant à cloche-pied, au risque de désarçonner sa petite sœur. J'ai reçu un bout de brique sur le pied !

— Hourra ! jubila Violette. Euh, pardon, Klaus ! Navrée pour ton orteil, mais hourra parce que, si les briques s'effritent, c'est bon signe. Posons ce bélier pour regarder.

— Turlututu ! refusa Klaus. Pas le temps de regarder, on continue. Quand on verra la fontaine, on saura que ça a marché. Uun, deuux, trois !

Bram ! et plonc ! plonc ! pataplonc !

Du mur ébranlé, les éclats de brique pleuvaient sur le sol crasseux. Mais sitôt le silence retombé avec le dernier fragment de brique, un autre bruit se fit entendre.

Il commença en froufrou léger, puis s'amplifia en immense froissement, celui de milliers de pages feuilletées en même temps – le bruissement d'ailes des corbeaux s'élevant au-dessus de la place avant leur migration de midi, en direction de la rive droite.

L'heure fatidique était proche.

— Berzing ! cria Prunille à pleins poumons, et elle enchaîna : Un, deux, minga !

Et au son de minga ! (qui devait signifier quelque chose comme « trois »), les jeunes Baudelaire donnèrent l'assaut une fois de plus.

Cette fois, le bram ! retentissant s'accompagna d'un craquement sinistre. Le banc de bois venait d'éclater en deux. Violette chancela d'un côté, Klaus chancela de l'autre, chacun lâcha sa moitié de banc – et au même instant, tout disparut dans un immense nuage de poussière.

Un nuage de poussière n'est pas particulièrement romantique. Fort peu de peintres en ont fait le thème d'un tableau, fort peu de poètes en ont tiré des sonnets, fort peu de metteurs en scène en ont impressionné des kilomètres de pellicule. Pourtant, les enfants Baudelaire, lorsqu'ils eurent recouvré l'équilibre, contemplèrent ce nuage-là comme la huitième merveille du monde. Il est vrai qu'il se composait d'éclats de briques et de mortier, et qu'il signifiait donc clairement – ou, plutôt, nébuleusement – que l'invention de Violette était un succès.

Et, lorsque ce nuage acheva de se déposer au sol (ce qui n'améliora pas la propreté de l'endroit), le trio écarquilla les yeux sur une nouvelle merveille : une brèche, une large brèche, qui s'ouvrait dans le mur crasseux, invitait à l'évasion immédiate.

— Gagné ! exulta Violette

Elle se coula à l'air libre, leva le nez vers le ciel où croisait un corbeau retardataire et s'extasia :

— Bonjour, le ciel !

Klaus prit le temps d'essuyer ses lunettes, puis, Prunille toujours sur ses épaules, il se coula dehors à son tour et marcha droit vers la fontaine.

— Ouf! dit-il, nous voilà sortis de prison. Mais pas sortis de l'auberge! Vous avez vu? Plus un corbeau. Donc, il est midi passé. Après midi vient l'après-midi. Les gens risquent d'arriver d'un instant à l'autre.

— D'un instant à l'autre? s'affola Violette. Vite, il faut retrouver Isadora et Duncan!

— Métic, fit Prunille du haut des épaules de son frère. Autrement dit: «Mais vous voyez une trappe d'entrée, vous, sur cette fontaine? Elle m'a tout l'air fondue d'un seul bloc. »

Ses aînés ne répondirent pas. Ils examinaient la fontaine, apparemment aussi impénétrable qu'elle était hideuse et sinistre. Était-elle seulement creuse? Bec pointé vers le ciel, l'énorme corbeau de fonte se gargarisait, imperturbable.

— Pourtant, s'entêta Klaus, Isadora et Duncan sont là-dedans. Forcément. Il y a peut-être un mécanisme qui commande une ouverture secrète.

— On l'a astiquée de la tête aux pieds, cette fontaine, lui rappela Violette. S'il y avait un mécanisme, même bien caché, on l'aurait repéré!

— Djidu, fit Prunille; autrement dit: «Reprenons les poèmes. Isadora nous a sûrement glissé un indice. »

Klaus déposa sa jeune sœur à terre et tira de sa poche les quatre billets.

— Voyons, voyons, dit-il, les étalant par terre. Cherchons la clé.

Fourbement enfermés ici pour des saphirs,
Oh ! nous vous attendons, venez nous secourir !

Nul mot jusqu'au matin je ne puis énoncer.
Tout ce temps, triste bec devra rester cloué.

Au début, cherchez bien, vous trouverez la clé ;
Il vous en faudra huit, que vous alignerez.

Notez le mot formé, puis l'œil fera le reste,
Et où sont vos amis deviendra manifeste.

— « Triste bec ! » s'écria Violette. Nous nous étions mis en tête que c'était celui d'un corbeau quelconque, mais peut-être qu'Isadora voulait dire celui de la fontaine ! Et c'est par là que l'eau sort, donc il y a forcément un trou.

— Il faut y jeter un coup d'œil, dit Klaus. Prunille, tu remontes sur mes épaules, et moi, je vais grimper sur celles de Violette. À nous trois, nous devons pouvoir joindre ce bec.

Sitôt dit, sitôt fait. Violette s'agenouilla au pied de la fontaine. Klaus reprit Prunille sur ses épaules, puis il se percha sur celles de son aînée, et lentement, très lentement, Violette se redressa sur ses jambes.

Les trois enfants Baudelaire formaient à présent une pyramide humaine, en tout point identique à celle qu'ils avaient vue dans un cirque, un jour, avec leurs parents.

Identique ? Pas vraiment. Les acrobates, en général, ont répété leur numéro des dizaines, des centaines de fois, et ils l'exécutent d'ordinaire avec des tas de coussins par terre, afin d'amortir le choc en cas de chute. Alors que les orphelins n'avaient jamais répété et que le pied de la fontaine offrait pour coussins des pavés.

Sous le poids de ses cadets, Violette se mit à vaciller dangereusement. Klaus se mit à vaciller sur les épaules de son aînée vacillante, et Prunille se mit à vaciller si fort qu'elle avait bien du mal à inspecter le bec de la statue. De son côté, Violette inspectait la rue, et Klaus lorgnait les poèmes, toujours étalés par terre.

— Tu vois quelque chose, Prunille ? appela Violette, affolée de distinguer deux silhouettes surgir au loin, à l'autre bout de la rue.

— Mini ! répondit Prunille.

— Klaus, dit Violette au désespoir et vacillant de plus belle, ce bec est bien trop étroit pour servir d'entrée. Que faire ?

— «Notez le mot formé, puis l'œil fera le reste», marmottait Klaus pour lui-même – preuve qu'il se concentrait fort, même si se concentrer en vacillant n'a jamais été chose aisée. Curieuse façon de dire, tout de même. Il était plus simple d'écrire : «Notez le mot formé, et ainsi vous verrez», ou encore : «Notez le mot formé, ainsi vous comprendrez». Ça faisait le même nombre de pieds, c'était bon. Sans compter que les rimes en «é» se trouvent plus facilement que les rimes en «este».

— Ratchu! lança Prunille.

Au sommet de la pyramide, la benjamine des Baudelaire oscillait comme fleur au vent. Elle tentait bien de se raccrocher à l'oiseau cracheur, mais ce bec ruisselant était affreusement glissant.

De son côté, à la base, Violette essayait bien de moins flageoler, mais la vue des deux silhouettes au loin, surmontées de chapeaux-corbeaux, n'était rien pour lui raffermir les jambes.

— Klaus, dit-elle, ce n'est pas pour te bousculer, mais tu pourrais réfléchir un peu plus vite, s'il te plaît? Voilà des gens qui arrivent, et je ne suis pas sûre de tenir encore longtemps.

— «Notez le mot formé, puis l'œil fera le reste», répéta Klaus dans sa barbe, les yeux fermés pour ne plus voir le monde osciller.

— Tordu! cria Prunille de sa petite voix suraiguë. Mais son cri fut couvert par celui de Violette dont les jambes se dérobaient sous elle, expression qui signifie qu'elle alla rouler par terre, non sans lâcher les pieds de Klaus ni se blesser au genou.

Les lunettes de Klaus prirent leur envol d'un côté, Klaus alla choir de l'autre et atterrit sur les coudes, la pire façon d'atterrir. Mais son premier souci fut pour ses mains – ses mains qui ne tenaient plus les chevilles de sa petite sœur.

— Prunille! hurla-t-il, horrifié, clignant des yeux sans rien y voir. Prunille, où es-tu?

— Hahi! fit Prunille, mais le sens de la réponse n'était pas clair, parce que la petite se cramponnait au bec du corbeau avec ses dents.

Mais le métal mouillé glissait décidément trop, et Prunille sentait qu'elle lâchait prise, millimètre après millimètre.

— Hahi! répéta la petite, cherchant éperdument à quoi se raccrocher, sous l'œil indifférent du volatile de fonte, un gros œil rond et plat n'offrant pas l'ombre d'une prise.

Alors, fermant les yeux pour ne pas se voir tomber, Prunille lança un coup de dents désespéré – et curieusement, comme ses incisives frappaient l'œil stupide du corbeau, le cercle de métal s'enfonça...

Il y eut un long grincement et le bec de l'oiseau s'ouvrit lentement, largement, jusqu'au jabot, en s'abaissant, s'abaissant doucement, abaissant Prunille en même temps, à la façon d'une benne de camion qui livre son chargement.

Klaus retrouva ses lunettes juste à temps pour voir sa petite sœur, sans une égratignure, leur tomber dans les bras.

Les trois enfants poussèrent un « Ouf » muet, puis ils se tournèrent à nouveau vers le bec béant de l'oiseau de fonte.

Et là, sous les jets d'eau crachouillants, ils virent deux mains, puis deux autres surgir du gosier de l'oiseau, puis deux formes humaines s'extraire de la fontaine par le bec. Chacune était vêtue d'un énorme pull gorgé d'eau qui lui donnait un aspect de monstre informe. Prudemment, les deux monstres achevèrent de s'extirper, puis se laissèrent glisser au bas de la fontaine, et les enfants Baudelaire se ruèrent vers eux à bras ouverts.

Inutile de décrire la joie du trio à la vue d'Isadora et de Duncan, dégoulinants et frissonnants, au pied de la fontaine Korax. Inutile de décrire l'ivresse des jeunes Beauxdraps retrouvant l'air libre. Inutile de dire que les langues allèrent bon train, tandis qu'Isadora et Duncan arrachaient leurs pulls trempés pour les essorer à pleines mains.

En revanche, des détails moins gais doivent absolument être fournis, et le premier est qu'alors, au loin, se profila une odieuse silhouette.

Le détective Dupin, torche en main, marchait à grands pas vers la place.

CHAPITRE
12

Si vous avez lu ce récit jusqu'ici, toutes mes félicitations. Cela dit, vous feriez mieux de vous arrêter là.

Je sais bien, vous allez protester ; pour le peu qui reste !

Mais ce peu qui reste est le pire de ce navrant épisode. Et, si vous aviez la moindre idée du contenu des dernières pages, vous fuiriez comme auraient dû le faire les enfants Baudelaire et leurs amis, au lieu de perdre de précieuses secondes en embrassades. Hélas ! je ne puis voyager dans le passé pour les mettre en garde, et je les laisse donc savourer ces instants de joie fugitive, les derniers qu'ils connaîtront avant bien longtemps.

Mais vous, au moins, je peux vous prévenir. Vous, contrairement au trio Baudelaire, contrairement aux enfants Beauxdraps et à ma chère Beatrice, vous pouvez en rester là, et aller voir plutôt comment finit *Le petit lutin rose*.

— Bon, coupa Violette, on ferait mieux de filer. Ce n'est pas pour vous bousculer, mais l'après-midi commence maintenant, et je crois bien que c'est le détective Dupin, là-bas, au bout de la rue.

Les autres se retournèrent vivement. En effet, une tache turquoise venait de surgir au loin, surmontée du point orangé d'une torche allumée.

— Tu crois qu'il nous a vus ? s'inquiéta Klaus.

— Aucune idée, répondit Violette, et pas l'intention de chercher à le savoir. Ni de voir la tête des gens quand ils vont découvrir l'état de leur prison.

Klaus se tourna vers Isadora et Duncan.

— Le détective Dupin, c'est la dernière trouvaille du comte Olaf. Il a...

— Oh ! nous connaissons très bien Arsène Dupin, dit Duncan.

— Et nous savons aussi ce qui s'est passé hier sur cette place, enchaîna Isadora. De l'intérieur de ce corbeau, on entend tout ce qui se passe dehors. C'est dans l'autre sens que l'acoustique est mauvaise. Avant-hier, quand vous astiquiez cette fontaine, nous avons fait tout un tapage, mais vous n'avez rien entendu – à cause du jet d'eau, je pense.

Duncan acheva de tordre son pull, puis il plongea la main sous sa chemise et en sortit son carnet vert bouteille.

— On a fait des pieds et des mains pour tenir nos carnets au sec, enfin presque. Vu le caractère brûlant des infos qu'ils contiennent...

— Oui, surtout ce qui concerne S.N.P.V., ajouta Isadora, sortant à son tour son carnet noir. Le vrai S.N.P.V., bien sûr, pas cette espèce de bled à la noix.

Duncan ouvrit son carnet, souffla sur ses pages humides et poursuivit :

— Et nous connaissons toute l'histoire de ce pauvre Ja...

Un rugissement l'interrompit net. Les cinq enfants, tournant la tête, virent deux anciens plantés devant le mur de la prison. Prestement, les enfants se coulèrent derrière la fontaine.

— Corbleu ! jurait l'un des anciens, soulevant son chapeau-corbeau pour se tamponner le front d'un mouchoir. Ils ont filé ! La règle n° 1742 interdit pourtant strictement de s'évader de prison. Comment ont-ils osé ?

— Nous aurions dû nous méfier ! dit l'autre. De la canaille qui assassine dès le berceau... Oh ! et regardez. La fontaine ! Ils l'ont vandalisée ! Le bec est tout fendu ! Notre précieuse fontaine, saccagée !

— Ces orphelins sont les pires criminels de l'Histoire... Ah ! voilà le détective, justement, comment s'appelle-t-il, déjà ? Rupin. Il tombe à pic. Allons le mettre au courant, il saura peut-être les retrouver.

— C'est ça, allez le prévenir, et moi je vais envoyer un message au *Petit pointilleux*. Ils mettront peut-être nos noms dans le journal.

Les deux vieux messieurs se hâtèrent, chacun de son côté, d'aller alerter le vaste monde, et les enfants, derrière la fontaine, reprirent leur souffle tout bas.

— Chô ! chuchota Prunille.

— Oui, chuchota Klaus, on l'a échappé belle. Et voilà Dupin neutralisé, mais pour combien de temps ? Et comment filer, maintenant ? Tout le village va être à nos trousses !

— Vous n'aurez qu'à vous cacher derrière nous, dit Duncan. Nous, personne ne nous cherche.

— Mais pour aller où ? s'inquiéta Isadora. Ce patelin est au milieu de nulle part, non ?

— Euh... hasarda Violette. Il y a l'AHAA d'Hector, une espèce d'immense maison volante, entièrement de sa fabrication. Je l'ai un peu aidé à la fignoler, et il a promis de nous attendre, prêt à décoller. Il habite en dehors du village, à l'ouest.

Si nous parvenons à aller là-bas, nous avons une chance de nous évader.

Klaus fit grise mine.

— Oui, mais pour vivre dans les airs jusqu'à la fin de nos jours ?

— Ce ne sera peut-être pas jusqu'à la fin de nos jours.

— Scylla ! rappela Prunille ; autrement dit : « C'est soit la maison volante, soit le bûcher ! »

— Hmm, fit Klaus, vu sous cet angle-là...

L'unanimité ainsi faite, Violette prit les choses en main.

— Ce qu'il y a de bien, dans cet endroit tout plat, c'est qu'on voit les gens de loin. Je propose de prendre une rue déserte, et de tourner au premier coin de rue si on aperçoit quelqu'un. Ce sera plus long qu'à vol d'oiseau, mais l'idée est de sortir du village, le plus à l'ouest possible, puis de foncer sur l'arbre Jamaisplus, qui se voit de loin.

— À propos d'arbre, dit Klaus à Isadora, comment avez-vous fait pour nous envoyer ces messages ? Comment saviez-vous que nous allions les recevoir ?

— En route ! répondit Isadora. On vous racontera tout chemin faisant.

D'un coup d'œil, les cinq enfants inspectèrent les rues qui convergeaient vers la place. Apparemment, à S.N.P.V., l'heure du déjeuner était sacrée :

tout le village semblait somnoler sous le soleil de la mi-journée. Le petit groupe se coula dans la rue la plus à l'ouest et s'élança d'un bon pas, Duncan et Isadora en tête.

— Je ne sais pas si vous êtes au courant, commença Duncan, mais, après nous avoir fourrés dans une espèce de grand poisson creux, Olaf nous a trimballés jusqu'à une horrible maison, où il nous a tenus enfermés plusieurs jours en haut d'une tour...

— Ça, c'est chez lui, murmura Violette avec un frisson. Je l'avais presque oubliée, cette tour. Quand je pense que nous avons habité chez ce triste sire...

— Oups ! à gauche, toute ! fit Klaus, indiquant une silhouette à l'autre bout de la rue. Par ici, messieurs-dames ! Désolé, cette ruelle ne va pas dans la bonne direction, mais on rectifiera le tir plus loin. Tu repasses devant, Duncan ?

Ils poursuivirent leur chemin et Duncan reprit son récit à mi-voix.

— Sitôt qu'Olaf a su que vous deviez venir ici, il s'est dépêché, avec ses complices, de faire installer cette horrible fontaine...

— Et il nous a enfermés dedans, continua Isadora. C'était pour garder l'œil sur nous, tout en vous faisant la chasse. Notre seule chance de sortir de là, c'était vous...

Ils arrivaient au bout de la ruelle. Ils se turent et, prudemment, Duncan passa la tête à l'angle. Il fit signe que la voie était libre, tourna à droite et reprit :

— Donc, il fallait vous faire passer un message. Mais comment ? Et s'il tombait en de mauvaises mains ? C'est Isadora qui a eu l'idée de cacher dans un poème l'endroit où nous étions. La première lettre de chaque vers fournissait une lettre du mot à trouver...

— Ça s'appelle un acrostiche, précisa Isadora. Un vieux truc qui remonte à l'Antiquité. Mais c'est Duncan qui a trouvé comment vous faire livrer les messages. Il avait fait un exposé sur les corbeaux, un jour, et il était d'avis que ceux de S.N.P.V. devaient passer la nuit sur le seul grand arbre du coin. Tous les matins, j'écrivais un distique, puis l'un de nous deux sortait le bras par le bec de la fontaine...

— Là, il y avait toujours un corbeau perché, expliqua Duncan. Alors, à tâtons, on lui enroulait le bout de papier autour d'une patte. Le papier était tout mouillé, il collait donc bien.

Sur quoi Isadora conclut :

— Et l'idée de Duncan était, ma foi, exacte : la nuit, le papier sec se déliait de la patte.

— C'était risqué, commenta Violette.

— Pas plus que de prendre le temps de nous délivrer au lieu de filer, fit remarquer Duncan. Une

fois de plus, vous avez risqué votre vie pour nous.
Merci.

— Vous laisser en plan ? se récria Klaus. C'était
une idée que nous rejetions absolument.

Isadora lui pressa la main très vite et reprit le
fil de leur récit :

— Pendant ce temps, Olaf usait de ruses pour
faire d'une pierre deux coups : mettre la main sur
votre fortune et se débarrasser d'un vieil ennemi
à lui.

— Jacques, c'est ça ? dit Violette. L'autre soir,
quand il nous a vus, il a voulu nous dire quelque
chose, mais il n'a pas eu le temps. Comment se fait-il
qu'il porte le même tatouage qu'Olaf ? Qui est-ce ?

— Son vrai nom, répondit Duncan, rouvrant
son carnet tout en marchant, c'est Jacques Sni...
Snicket.

— Snicket, répéta Violette. Ce nom me dit
quelque chose.

— Rien d'étonnant, dit Duncan. C'est le frère
d'un monsieur qui...

— Aha ! Là-bas ! Je les vois ! C'est eux ! clai-
ronna une voix dans leur dos – et les enfants se
rendirent compte que, tout à leur conversation, ils
avaient complètement négligé de jeter des coups
d'œil en arrière.

À moins de cent pas derrière eux gesticulait
M. Lesko, à la tête d'une escouade de brandisseurs

de torche, et le triomphe lui mettait des trémolos dans la voix.

— Oui, oui c'est eux ! Les orphelins assassins ! Rattrapons-les !

— Mais j'en vois cinq, qui sont les deux autres ? chevrota une voix, probablement celle d'un ancien.

— Quelle importance ? grinça Mme Ende-main. Sans doute encore des complices ! Que de la vermine !

M. Lesko fit halte à l'angle d'une rue, le temps de mugir à pleins poumons :

— Par ici ! Ohé, vous autres, par ici ! On les tient !

« On les tient » ? L'effet fut radical. Un instant cloués sur place, les enfants se ressaisirent, Prunille en tête.

— Lililk ! hurla la bambine, et elle détala comme un lapin de garenne, droit devant elle, de toute la vitesse de ses quatre pattes.

Lililk signifiait sans doute : « Sauve qui peut ! Fonçons rejoindre Hector et sa maison volante ! » Mais ses aînés n'avaient pas besoin d'exhortations. Un quart de seconde plus tard, ils détalaient à leur tour, sans un regard en arrière.

De rue en ruelle, de chemin en sentier, les cinq enfants couraient à perdre haleine, au risque de déraper sur les reliquats du passage des corbeaux, le matin même. De temps à autre, ils devaient rebrousser chemin, la voie se révélant bloquée plus loin par une foule vociférante. De temps à autre, ils devaient sauter de côté et se nicher derrière les buissons d'un jardin, le temps de laisser passer leurs poursuivants...

C'était comme une grande partie de cache-cache, mais une partie de cache-cache dangereuse, sans goûter ni jus d'orange à la fin. L'après-midi avançait, les ombres s'allongeaient à vue d'œil, et les rues du petit village continuaient de retentir de cris vengeurs, les fenêtres continuaient de refléter des torches.

Enfin, les cinq enfants atteignirent la sortie du village et débouchèrent sur la plaine, plate comme un filet de hareng. Hors d'haleine, ils cherchèrent des yeux Hector et son merveilleux engin. Mais il n'y avait rien d'autre à voir que la grande maison d'Hector au loin, avec sa grange et l'immense carcasse de l'arbre Jamaisplus, sur fond de soleil déclinant.

— Où est Hector ? s'affola Isadora.

— Je me le demande, avoua Violette. Il avait dit qu'il serait là, devant sa grange, mais je ne vois rien.

— Où aller, maintenant ? s'alarma Duncan. Où nous cacher ? Ces enragés vont nous rattraper, et il n'y a nulle part où se cacher.

— On est faits comme des rats, s'étrangla Klaus.

— Tadzoa ! fit Prunille d'une petite voix stridente ; autrement dit : « Courons ! »

— Trop tard, dit Violette. Regardez derrière nous.

Les enfants se retournèrent. Le village entier était là, comme une coulée de lave en mouvement, hideuse illustration de la psychologie des foules.

Et cette vision de cauchemar – des dizaines, des centaines de gens fous furieux, incapables de penser, changés en bisons pas futés –, cette vision de cauchemar transformait en petite bière tout ce que les cinq orphelins avaient affronté jusqu'alors.

CHAPITRE
13

Les Beauxdraps regardèrent les Baudelaire, les Baudelaire regardèrent les Beauxdraps, les cinq enfants regardèrent la populace.

Le Conseil des anciens avançait en front serré, les chapeaux-corbeaux hochant en cadence. Mme Endemain scandait des slogans aussi véhéments qu'incompréhensibles, ânonnés en chœur par la foule, la famille Verhoogen en tête. Les yeux de M. Lesko brillaient du même éclat que sa torche, celle-ci nettement raccourcie depuis le début de l'après-midi, mais toujours vaillante et fumante.

Curieusement, le détective Dupin n'était nulle part en vue, du moins pas aux côtés de Mme Luciana qui ouvrait la marche dans ses grandes bottes, casque à visière sur les yeux. L'une de ses mains gantées de blanc tenait un objet long, enveloppé d'une housse, l'autre désignait les enfants. Et elle criait d'une voix éraillée :

— Les voilà ! Nous les tenons ! Ils n'ont plus nulle part où aller.

— En plus, c'est vrai ! s'affola Klaus. On n'a aucun moyen de s'échapper.

— Machina ! s'écria Prunille.

— Non, Prunille, dit Violette, des larmes dans la voix. Non, il n'y a pas de *deus ex machina*. Et je crois bien que, cette fois, il n'y en aura pas.

— Machina ! s'entêta Prunille, et elle pointa un petit doigt vers le ciel.

Détachant les yeux de l'ennemi, ses aînés levèrent le nez. Et là, au-dessus de leurs têtes, flottait le plus spectaculaire exemple de *deus ex machina* depuis le commencement des temps.

Il lévitait, majestueux, grandiose, irréel à s'en frotter les yeux : le fameux AHAA d'Hector, son aérostat habitable absolument autonome, sa maison volante à air chaud.

À terre, sur le sol de la grange, l'invention avait déjà paru superbe ; en vol, elle était absolument féerique avec tous ses ballons gonflés. Elle avait de quoi vous couper le souffle, et même la meute des poursuivants s'immobilisa un instant, le temps de la contempler.

Pour commencer, elle était immense, à croire qu'une vraie maison, prise d'une lubie soudaine, avait décidé de quitter son quartier pour aller faire un petit tour dans les airs. Les douze nacelles reliées entre elles voguaient de concert, pareilles à une flottille de barques, nimbées de câbles, de fils, de tuyaux qui leur faisaient un tutu de dentelle. Au-dessus d'elles se pressaient les ballons, une douzaine de ballons dans tous les tons de vert. On aurait dit des grains de raisin géants, toute une grappe de grains rebondis, qui luisaient au soleil du soir.

Les machines de l'énorme engin fonctionnaient à plein régime et l'on voyait des rouages tourner, des lumières clignoter, des poulies s'activer un peu partout, mais curieusement, l'ensemble était plus silencieux qu'un nuage.

Devant l'assistance ébahie, l'engin volant approchait sans hâte, à quelques dizaines de mètres au-dessus du sol.

— Me voilà ! lança gaiement Hector depuis la nacelle de contrôle, et ce cri de triomphe retentit sur fond de silence médusé. Eh oui ! me voilà, comme tombé du ciel ! Violette, tous tes petits bricolages fonctionnent à la perfection ! Montez à bord bien vite, les enfants, et filons loin de ce damné patelin ! (Il actionna une manette, et une longue échelle de corde se déroula vers le sol.) Oui, comme mon invention est absolument autonome, elle est conçue pour voler, pas pour redescendre au sol. Afin de me rejoindre à bord, il faut grimper à l'échelle.

D'un petit bond, Duncan attrapa le bout de l'échelle, et il l'immobilisa pour permettre à Isadora d'y monter.

— Ohé, M. Hector ! lança-t-il, nez en l'air. Je m'appelle Duncan Beauxdraps et je vous présente ma sœur, Isadora.

— Oui, répondit Hector, les jeunes Baudelaire m'ont parlé de vous. Bien content de vous accueillir à bord ! Comme tous les engins mécaniques un peu sophistiqués, ma maison volante a besoin de bras pour fonctionner au mieux.

— Aha ! rugit M. Lesko.

Et Isadora, qui grimpait, accéléra le mouvement, Duncan sur ses talons.

La foule, arrachée à son émerveillement, cessa de contempler le *deus ex machina* et se remit en marche vers les fuyards.

— Aha ! répéta M. Lesko, je le savais, que c'était un engin mécanique. Toutes ces manettes, tous ces engrenages... Oh ! mais j'ai l'œil, moi !

— Hector ! s'indigna un ancien. La règle n° 67 stipule qu'il est absolument interdit à tout citoyen de bâtir, de posséder ou d'utiliser un engin mécanique quel qu'il soit !

— Au bûcher ! Au bûcher ! scanda Mme Endemain. Qu'on aille chercher deux ou trois fagots de plus !

Hector respira un grand coup, puis il se pencha par-dessus bord.

— Votre bûcher, vous n'aurez qu'à y faire rôtir des patates ! lança-t-il à la foule, et les enfants comprirent que l'intendant avait laissé ses petits souliers au placard. Brûler les gens au bûcher, c'est une horreur… une abomination… une hérésie d'un autre âge ! conclut-il en aidant Isadora, parvenue en haut de l'échelle, à embarquer dans la nacelle de pilotage.

— L'hérésie, c'est ta conduite ! se scandalisa un ancien. Ces petits voyous ont commis un meurtre et toi, tu as bâti un engin mécanique ! Vous avez tous enfreint des règles capitales !

— Oui, eh bien justement, riposta Hector, j'en avais jusque-là de toutes vos règles ! Et tout autant de vos corbeaux ! Un peu, ça va, mais trop, c'est trop. Je prends la poudre d'escampette, et j'emmène ces enfants avec moi. Ce sont des orphelins, ils ont connu mille misères. Vous étiez censés prendre soin d'eux, et non les accuser de tous les maux, ni les pourchasser comme du gibier à travers les rues !

— Mais qui se chargera des corvées ? s'inquiéta une voix grêle. La cuisine de la salle des fêtes est encore tout encombrée de la vaisselle sale du dernier goûter.

— Vos corvées, c'est votre affaire ! rétorqua Hector, hissant Duncan à bord à son tour. Que chacun en prenne sa petite part, ou établissez des tours de rôle ! En tout cas, il n'est pas d'adage qui dise : « Il faut trois enfants pour faire le ménage de tout un village ! » Violette, Klaus, Prunille, montez vite !

Les enfants Baudelaire se consultèrent du regard, puis Violette cueillit Prunille, l'accrocha à l'échelle au-dessus d'elle et empoigna la corde râpeuse juste au-dessous. Klaus les suivit prestement. Hector pressa un bouton et la maison volante à air chaud reprit un peu d'altitude, juste comme la foule en furie atteignait le bas de l'échelle.

— Hé ! ils nous filent entre les doigts, s'égosilla une petite vieille si outrée qu'elle faillit en perdre son chapeau-corbeau.

D'un bond raide, elle tenta d'attraper l'échelle, mais la manœuvre d'Hector l'avait mise hors d'atteinte.

— Au secours ! Les contrevenants s'évadent ! Mme Luciana, faites quelque chose !

— Oh oui ! je vais faire quelque chose, n'ayez crainte ! siffla Mme Luciana.

D'un geste, elle sortit de sa housse l'objet qu'elle tenait sous le bras.

Les enfants Baudelaire, qui montaient à l'échelle, risquèrent un coup d'œil en bas et virent l'objet en question. C'était gros, ça n'avait pas l'air amical, ça ressemblait à un énorme fusil prêt à cracher quatre longs harpons.

— Il n'y a pas que vous, cher Hector, qui disposiez d'un engin mécanique ! ricana Mme Luciana. Ceci est un accessoire de pêche sous-marine que m'a offert mon fiancé. Parions que ses quatre harpons crochus vont se faire un plaisir de crever ces jolis ballons !

— Ooh non ! gémit Hector, les yeux sur le trio qui grimpait.

— Prenez de l'altitude, Hector ! lui cria Violette. Nous continuerons à grimper.

— Un engin mécanique ? s'étouffa Mme Endemain. Notre officier de police municipale utilise un engin mécanique ? Alors elle enfreint la règle n° 67, elle aussi !

— Les représentants de la loi ne sont pas tenus d'observer les règles, assura Mme Luciana, épaulant son arme. Et encore moins en cas d'urgence. Il faut stopper ces fuyards.

Quelques-uns des villageois parurent un peu incertains, mais Luciana les rassura d'un sourire fuchsia, et elle pressa sur la détente de son fusil.

Avec un clic ! suivi d'un souiiich ! l'un des harpons fusa dans les airs, droit vers l'invention d'Hector. L'homme à tout faire, d'une savante manœuvre, parvint à écarter les ballons de la trajectoire du projectile, mais celui-ci vint frapper un bidon au flanc d'une nacelle, d'où s'écoula aussitôt, à jet continu, un jus violacé.

— Crénom ! jura Hector. Ma réserve de jus de bleuets ! Enfants Baudelaire, plus vite, s'il vous plaît ! Si elle endommage un organe vital, nous sommes perdus !

— Nous montons aussi vite que possible ! répondit Klaus.

Mais l'ascension rapide de l'engin faisait osciller l'échelle de corde, si bien que les trois enfants, à vrai dire, progressaient à une vitesse de limace.

Clic ! Souiiich ! Un deuxième harpon prit son envol, et alla se planter dans la sixième nacelle, déclenchant une avalanche de poudre beige, suivie d'une cascade de petits objets métalliques.

— Oh non ! gémit Hector. Notre réserve de farine de son et notre boîte de piles de rechange !

— Attendez un peu ! jubila Mme Luciana. Avec le suivant, c'est un ballon que je touche ! Retour au plancher des vaches !

— Euh, Mme Luciana, fit observer une voix cassée dans la foule, je ne crois pas que vous ayez le droit d'enfreindre les règles sous prétexte d'arrêter des gens qui ont enfreint les règles. Ça m'a l'air contraire aux règles.

— Bien parlé ! approuva une autre voix, située ailleurs dans la foule.

— Absolument ! renchérit une troisième, à l'opposé. Posez ce lance-harpon, Mme Luciana, et retournons à l'hôtel de ville pour une assemblée extraordinaire.

— Une assemblée, pour quoi faire ? intervint une voix râpeuse.

Une rumeur parcourut la foule, qui se scinda en deux pour laisser passer le détective Dupin, chevauchant une moto du même bleu turquoise que sa veste. Sous ses lunettes noires, il arborait un sourire satisfait, et son torse velu était bombé d'orgueil.

— Mais ! s'étonna un ancien. Le détective Dupin aussi fait usage d'un engin mécanique ! Nous n'allons tout de même pas tous les passer par le bûcher.

— Dupin n'est pas un citoyen de notre village, rappela un autre. Il n'enfreint donc pas la règle n° 67.

— En revanche, il traverse une foule sur sa moto, souligna M. Lesko, et il ne porte pas de casque. Rien de tout cela n'est très réglementaire, c'est le moins qu'on puisse dire.

Le détective fit la sourde oreille. Il s'immobilisa devant Mme Luciana et claqua dans ses doigts.

— Désolé pour le retard, mais être à l'heure est tellement démodé ! J'étais allé acheter *Le petit pointilleux* du soir.

— Votre métier n'est pas d'acheter les journaux, accusa un ancien, le chapeau désapprobateur. Votre métier est d'attraper les criminels.

— Bien parlé ! approuvèrent des voix.

À vrai dire, un léger flottement se faisait sentir dans les rangs. Vociférer tout l'après-midi est finalement assez fatigant et, la situation se compliquant, les porteurs de torche semblaient un peu hésitants. Certains avaient même abaissé leur arme, car rien ne vous donne des crampes comme de brandir une torche des heures durant.

Mais le détective Dupin ignorait tout de la psychologie des foules, et il ne détecta rien.

— Pas besoin de leçons, dit-il à l'ancien qui venait de le sermonner. Continuez, Mme Luciana. Le tir au harpon est très classe.

— Très, approuva Luciana, fermant un œil pour viser.

Cependant, la maison volante à air chaud n'était soudain plus seule dans les airs. Sous le coup de l'émotion, nul n'y avait prêté attention, mais le soleil se couchait, et les corbeaux s'apprêtaient à en faire autant. Ils avaient effectué leur ronde rituelle au-dessus du petit village et à présent, en vol serré, ils piquaient droit vers leur perchoir nocturne.

Ils arrivaient par milliers, à tire-d'aile, et en quelques secondes, le ciel du soir se noircit d'oiseaux croassant à tue-tête. Mme Luciana ne vit plus Hector ni son engin volant, Hector ne vit plus les enfants Baudelaire. Quant aux enfants Baudelaire, ils ne virent plus rien du tout. L'échelle de corde se trouvait au beau milieu du passage des corbeaux, et les trois enfants se retrouvèrent enveloppés d'une nuée noire. Des ailes les effleuraient au passage, des plumes se prenaient dans le cordage, et les orphelins se cramponnaient de toutes leurs forces à leur échelle.

— Cramponnez-vous, les enfants ! criait Hector par-dessus le concert de croassements. Cramponnez-vous de toutes vos forces ! Je vais prendre encore un peu d'altitude, pour nous élever au-dessus du nuage.

— Non ! hurla Prunille ; ce qui signifiait, en gros : « Pas sûr que ce soit une bonne idée ; en cas de chute, nous sommes certains de nous écraser ! »

Mais son cri fut couvert par le concert des corbeaux, qui couvrit également un troisième clic-souiiich ! en provenance du lance-harpon de Luciana.

Les enfants sentirent l'échelle tressauter violemment, puis tourbillonner comme une toupie dans l'air encombré de corbeaux. Depuis la nacelle de pilotage, Isadora et Duncan entrevirent, à travers le flux d'oiseaux, ce qui semblait être une fort mauvaise nouvelle.

— Le harpon a touché l'échelle ! hurla Isadora, tant pour Hector, derrière elle, que pour ses amis en contrebas. La corde est en train de se désentortiller !

Et c'était vrai. Enfin, pas tout à fait : la corde ne pouvait se désentortiller, elle n'avait jamais été entortillée. En revanche, elle se détortillait bel et bien, comme peut le faire toute honnête corde formée de fils tordus.

Bref, la corde se défaisait à vue d'œil, et c'est ce que constatèrent les enfants Baudelaire horrifiés, sitôt passé le plus gros du peloton de corbeaux. Le harpon était planté dans l'épais cordage, à deux ou trois mètres au-dessus d'eux, et, sous la morsure du crochet, les brins effilochés se détordaient mollement, comme des serpents lassés d'une longue étreinte.

Cette vision rappelait à Violette l'époque où, vers l'âge de neuf ans, elle avait supplié sa mère de lui coiffer les cheveux en torsade, à la manière d'une inventrice dont elle avait vu le portrait. Hélas, malgré tous les efforts maternels, les cheveux de Violette avaient obstinément refusé de rester torsadés. Chaque fois, à peine le ruban noué, ils avaient entrepris de se détortiller sans hâte, avec la même souplesse alanguie que la corde de l'échelle.

— Plus vite ! exhorta Duncan, plié en deux par-dessus le bord de la nacelle. Grimpez plus vite !

— Non, fit Violette d'une voix blanche, et elle se retourna vers Klaus, la mine défaite. Non, trop tard.

Son regard revint sur la corde endommagée, aisément visible à présent que ne passaient plus que quelques corbeaux d'arrière-garde. Les brins conti-nuaient de se détortiller ; grimper à cette échelle n'était plus envisageable. C'était rigoureusement sans espoir, tout comme les efforts de sa mère, naguère, pour faire tenir ses cheveux en torsade.

— Non, répéta Violette d'un ton qui se voulait ferme. Pas question ! Si nous poursuivons l'esca-lade, c'est la chute assurée. Et, à pareille hauteur... Non, il faut redescendre.

— Mais... voulut plaider Klaus.

— Non, trancha Violette, et une larme roula sur sa joue. C'est perdu d'avance, Klaus.

— Yohil ! insista Prunille, implorante.

— Non, dit Violette une dernière fois, et elle regarda chacun de ses cadets, tour à tour, droit dans les yeux.

Alors, avec un soupir de rage impuissante, les trois enfants commencèrent à redescendre, à pas prudents, le long de l'échelle qui tanguait tout en se défaisant à vue d'œil.

Chacun redescendit onze barreaux, se prenant parfois les pieds dans un corbeau retardataire.

Puis, sans prévenir, la corde acheva de se défaire et l'échelle largua sur le sol pelé les trois enfants désemparés, mais indemnes.

— Hector! criait Isadora là-haut, si haut que sa voix semblait bien fluette. Oh! Hector, s'il vous plaît, faites redescendre votre engin! Duncan et moi, on va se suspendre à la nacelle et former une échelle humaine! S'il vous plaît! Il est encore temps de les sauver!

— Impossible, répondit Hector navré, les yeux sur les trois enfants, tout en bas, occupés à se relever et à se désentortiller tandis que le détective Dupin avançait vers eux à grands pas. Impossible, mon engin n'est pas prévu pour regagner le sol.

— Il y a forcément un moyen! plaida Duncan.

Mais la maison mobile à air chaud continuait de dériver tranquillement à travers ciel.

— On pourrait peut-être grimper en haut de l'arbre Jamaisplus, suggérait Klaus pendant ce temps. Depuis la cime, on sauterait dans l'une des nacelles.

— Grimper dans l'arbre Jamaisplus? lui dit Violette. Tu plaisantes; il est couvert de corbeaux. Sans compter que l'engin d'Hector vole trop haut. (Elle releva la tête, les mains en porte-voix.) Ohé, là-haut! cria-t-elle. Pour le moment, on renonce! On tâchera de vous rejoindre plus tard!

La voix d'Isadora leur parvint en réponse, si ténue qu'on la distinguait à peine par-dessus le caquetage des corbeaux :

— Oui, mais quand ? Et comment ?

— Je n'en sais rien ! reconnut Violette. Mais on trouvera un moyen, promis !

— En attendant, cria Duncan à son tour, tenez ! Attrapez ça, ça pourrait vous servir !

Et les enfants Baudelaire, nez en l'air, le virent brandir par-dessus bord son précieux carnet vert bouteille.

— Vous y trouverez tous les renseignements que nous avons pu réunir sur Olaf et ses manigances ! poursuivait Duncan. Et tout sur le secret de S.N.P.V., et sur l'assassinat de Jacques Snicket ! (Sa voix tremblait, à peine audible ; les enfants comprirent qu'il pleurait.) Prenez, ça vous sera utile !

— Oui, prenez nos carnets ! cria Isadora, imitant son frère. À bientôt ! À bientôt, j'espère !

Et les deux jeunes Beauxdraps lâchèrent leurs précieux carnets dans le vide – mais, s'ils ajoutèrent un mot, leurs voix furent couvertes par un quatrième clic-souiiich !

Mme Luciana venait de tirer son dernier harpon.

À ce stade, j'ai le regret de le dire, elle commençait à avoir la main sûre, et le projectile toucha très exactement la cible visée – et même les cibles visées, car le harpon frappa non pas un seul, mais les deux carnets Beauxdraps.

Il y eut un affreux double tchac ! puis l'air s'emplit de petits papiers qui voletaient deçà, delà, au milieu des derniers corbeaux en route pour l'arbre tribal.

Là-haut, Isadora et Duncan poussèrent chacun un cri d'horreur, puis ils lancèrent à leurs amis une dernière recommandation. Mais la maison volante à air chaud flottait déjà trop loin, trop haut, pour permettre aux enfants Baudelaire d'en saisir plus que des bribes.

— ... volontair... crurent-ils entendre vaguement, puis la brise dispersa les dernières miettes de son.

— Glann ! fit Prunille de sa petite voix aiguë ; autrement dit : « Vite ! ramassons les pages de carnet. Au moins toutes celles que nous pourrons ! »

— Si « glann » signifie « tout est perdu », ce petit brin de fille est moins stupide qu'il n'y paraît, déclara le détective Dupin, rejoignant le trio Baudelaire.

Il entrouvrit sa veste turquoise, dénudant encore un peu plus son vilain torse velu, et tira de sa poche intérieure un journal enroulé qu'il fit claquer dans sa paume. On l'aurait cru prêt à écraser des mouches.

— J'ai pensé que vous aimeriez jeter un coup d'œil au *Petit pointilleux*, dit-il aux enfants, déroulant le journal sous leur nez.

En première page s'étalait un gros titre :

Orphelins Baudelaire :

L'évasion !

Sous le gros titre s'alignaient trois portraits, un de chacun des enfants.

Le détective Dupin remonta ses lunettes noires sur son front afin d'y voir plus clair dans le jour déclinant.

— Les autorités s'efforcent de mettre la main sur Veronica, Klyde et Perrine Baudelaire, lut-il à voix haute, évadés ce matin même de la prison de S.N.P.V. où ils avaient été incarcérés pour le meurtre du comte Omar. (Avec un rictus odieux, il laissa choir le journal à terre.) Il y a de menues erreurs sur les noms, c'est vrai, mais tout le monde peut se tromper, surtout pour un article rédigé aussi vite. Demain, bien sûr, il y aura une édition spéciale, et je veillerai à ce que le journal relate sans erreur comment le talentueux détective Dupin a rattrapé ces jeunes Baudelaire de sinistre réputation.

Il se pencha vers les enfants, si près qu'ils purent flairer le sandwich au concombre qu'il avait dû manger à midi.

— Naturellement, poursuivit-il, si bas qu'eux seuls pouvaient l'entendre, l'un des Baudelaire va s'échapper à la toute dernière minute, et celui-là vivra avec moi jusqu'à ce que j'empoche sa fortune. Reste la question : lequel ? J'attends encore votre réponse.

— Vous pouvez toujours courir, Olaf ! rétorqua Violette d'un ton rageur.

À cet instant, un cri d'horreur s'éleva derrière eux.

— Oooh ! gémissait un ancien, le doigt pointé vers quelque chose.

Machinalement, les enfants regardèrent. Derrière eux, dans les rayons du couchant, au milieu des pages de carnet éparses, on distinguait comme un piquet le harpon fiché en terre. Et l'arme avait fait une victime, en plus d'avoir atteint les carnets Beauxdraps : un corbeau gisait là, cloué au sol par la pointe d'une aile.

— Un corbeau, vous avez blessé un corbeau ! se mit à piailler Mme Endemain, tournée vers Mme Luciana. Vous avez enfreint la règle n° 1 ! La plus importante de toutes !

— Oh ! ce n'est qu'un stupide volatile, voulut minimiser le détective Dupin.

— Stupide volatile ? répéta un ancien, son chapeau-corbeau frémissant de fureur. Stupide volatile ? Détective Dupin, vous êtes ici à la Société des noirs protégés de la volière, et vous...

— Hé ! lança une voix dans la foule. Vous avez vu ? Il a les sourcils soudés en un seul !

— Des tas de gens ont les sourcils soudés en un seul, déclara le détective Dupin, non sans se hâter de rabattre ses lunettes noires sur son nez.

Mais nul ne l'écouta ; la psychologie des foules commençait à reprendre ses droits.

— Dites ! héla M. Lesko. Faites-lui retirer ses chaussures, pour voir. (Aussitôt, une vieille dame s'agenouilla et empoigna une chaussure du suspect.) S'il a un œil tatoué sur la cheville, c'est le bûcher !

— Bien parlé !

— Non, attendez, s'il vous plaît ! intervint Mme Luciana, posant son lance-harpon en hâte. Je peux...

— Et pour elle aussi, le bûcher ! croassa Mme Endemain. Elle a blessé un corbeau !

— Sans compter que les fagots sont prêts, et que ces torches vont se perdre !

— Bien parlé !

Le détective Dupin ouvrit la bouche et les enfants le virent chercher que dire pour apaiser la foule. Mais pour finir, refermant la mâchoire, il se contenta de décocher un coup de pied – plutôt léger, mais bien placé – à la petite vieille cramponnée à sa chaussure. Devant l'assistance frappée d'horreur, la vieille dame alla rouler au sol, perdant son chapeau-corbeau. Mais elle tenait toujours la chaussure. Le pied du détective était nu.

— L'œil tatoué ! C'est l'œil tatoué ! hurla l'un des Verhoogen, désignant la cheville du détective Dupin – ou plutôt du comte Olaf.

Avec un rugissement de fauve, le comte Olaf enfourcha sa moto et, avec un second rugissement, il fit démarrer le moteur. Puis il se tourna vers Mme Luciana :

— Esmé ! Vite !

Mme Luciana retira son casque avec un sourire radieux, et les enfants purent constater qu'elle n'était autre que leur tutrice du 667, boulevard Noir.

— C'est Esmé d'Eschemizerre ! s'écria M. Lesko. Brillant conseiller financier, mais il paraît qu'à présent, elle travaille pour le comte Olaf !

— J'ai même entendu dire qu'ils sortaient ensemble ! ajouta Mme Endemain sur un ton de scandale.

— Mais absolument, il est mon fiancé ! glapit Esmé, ravie.

Elle enfourcha l'arrière de la moto et jeta son casque dans la poussière, pour bien montrer qu'elle se moquait des règles de sécurité autant que de la santé des corbeaux.

— À la prochaine, enfants Baudelaire ! lança le comte Olaf, fonçant à travers la foule furibonde. Car il y aura une prochaine fois, n'ayez crainte ! Je saurai vous retrouver... Enfin, un seul de vous me suffira ! Et à votre place, en attendant, je me méfierais de la police !

Sur un éclat de rire d'Esmé, la moto partit en pétaradant vers l'horizon tiré au cordeau. Comme elle roulait deux fois plus vite que la vitesse autorisée, elle eut tôt fait de n'être plus qu'un point au loin, tout comme la maison volante à air chaud n'était plus qu'une graine de pissenlit dans le ciel mauve.

Impuissante, la foule regardait les deux criminels lui échapper.

— Pas la peine de leur courir après, dit un ancien. Pas sans engins mécaniques.

— Eh! tant pis, se résigna un autre. Ils ne reviendront pas, de toute manière. Et il y a plus important. Dépêchons! Il faut emporter le blessé à la clinique vétérinaire.

Et les enfants Baudelaire, un peu surpris, virent les villageois s'agenouiller près du corbeau en lui murmurant des mots doux, libérer son aile blessée avec des précautions infinies, puis l'emporter en grande pompe en direction du village.

— Et nous, qu'est-ce qu'on fait, maintenant? murmura Violette, les yeux sur la troupe qui s'éloignait.

Elle s'adressait à ses cadets, bien sûr, mais un ancien qui fermait la marche l'entendit et se retourna vers les trois enfants.

— Vous, vous restez où vous êtes. Le comte Olaf et sa complice nous ont échappé, d'accord. Mais vous trois n'en êtes pas moins des criminels. Nous nous occuperons de vous sitôt que le blessé aura reçu les soins que nécessite son état.

Là-dessus, le vieux bonhomme emboîta le pas à ses concitoyens, et les enfants se retrouvèrent seuls dans la plaine, avec, pour toute compagnie, les vestiges des carnets Beauxdraps tourbillonnant dans le vent du soir.

— Ramassons tout, décida Klaus, cueillant un feuillet à moitié déchiré. C'est notre seul espoir de résoudre l'énigme de S.N.P.V.

— Et de venir à bout du comte Olaf, compléta Violette, plongeant vers un petit tas de pages que le vent menaçait de disperser.

— Fâmy ! compléta Prunille, rattrapant un feuillet en fuite, sur lequel semblait griffonné un plan ou une espèce de croquis. Ce qui signifiait, en gros : « Sans parler de prouver notre innocence ! »

Et les enfants, machinalement, jetèrent un regard au journal qui traînait à terre, palpitant au vent. Leurs propres portraits les dévisageaient, sous le gros titre qui clamait : Orphelins Baudelaire : L'évasion ! Mais les enfants ne se sentaient pas du tout évadés. Au contraire, ils avaient le sentiment d'être pris au piège, seuls dans ce paysage plat comme une galette, tout près d'un petit village malveillant et entourés de pages arrachées que le vent emportait sous leur nez. Violette parvint finalement à en récupérer six et demie, Klaus, sept, et Prunille, neuf, mais presque toutes étaient déchirées, ou blanches, ou trop fripées pour être lisibles.

— On les examinera plus tard, décida Violette en les réunissant en une petite liasse qu'elle attacha avec son ruban. Maintenant, on ferait mieux de décamper avant que les gens ne reviennent.

— Mais pour aller où ? demanda Klaus.

— Blurb, répondit Prunille ; autrement dit : « Peu importe, mais loin. »

— Mais qui veillera sur nous ? s'inquiéta Klaus, les yeux sur l'horizon noyé de nuit.

— Personne, répondit Violette. Personne, sauf nous. Il va falloir devenir autonomes.

— Comme l'aérostat d'Hector, dit Klaus. Son aérostat absolument autonome, capable de se déplacer seul et de subvenir à ses propres besoins.

— Tonaum, déclara Prunille.

Et, sans prévenir, elle se mit debout.

Klaus et Prunille retinrent leur souffle ; jusqu'alors, leur petite sœur ne s'était redressée qu'avec l'aide d'un support, et n'avait jamais marché qu'en tenant la main de ses aînés. Toujours sans respirer, ils la regardèrent risquer un pas en avant, puis un autre, un peu chancelante. Alors ils la rejoignirent pour marcher à ses côtés, prêts à la rattraper en cas de chute.

Mais Prunille ne tomba pas. Elle fit encore cinq ou six pas, de façon autonome, puis les trois enfants s'immobilisèrent, leurs ombres immensément longues dans les derniers rayons du couchant.

Un bref instant, ils regardèrent le grain de poussière qui disparaissait dans le ciel, là-bas, emportant Isadora et Duncan en sécurité auprès d'Hector. Un bref instant, ils regardèrent l'horizon, où le comte Olaf avait fui avec Esmé d'Eschemizerre, en route pour de nouvelles manigances. Un bref instant, ils regardèrent l'arbre Jamaisplus, emmitouflé d'oiseaux qui caquetaient entre eux doucement, un bref instant, ils regardèrent en pensée le vaste monde où des familles lisaient sous la lampe, à cette heure, *Le petit pointilleux* du soir. Apparemment, dans ce vaste monde, chacun avait quelqu'un pour veiller sur lui – chacun, sauf les enfants Baudelaire.

Mais après tout, ils étaient trois, trois pour veiller les uns sur les autres – comme ils l'avaient fait, au fond, depuis ce sinistre jour, à la plage.

Alors, ils emplirent leurs poumons d'air du soir, rassemblant tout leur courage pour affronter les coups du sort qu'ils devinaient – hélas ! sans se tromper – voir apparaître bien des fois encore sur leur chemin.

Puis les orphelins Baudelaire, absolument autonomes, se mirent en route d'un pas résolu vers les dernières lueurs du couchant.

FIN

Télégramme

BIEN CHER ÉDITEUR,

VEUILLEZ EXCUSER LE MOT STOP À LA FIN DE CHAQUE PHRASE STOP. LES TÉLÉGRAMMES SONT LE MOYEN LE PLUS RAPIDE D'EXPÉDIER UN MESSAGE DEPUIS L'ÉPICERIE LA DERNIÈRE CHANCE, ET DANS UN TÉLÉGRAMME, STOP SIGNIFIE QUE LA PHRASE S'ARRÊTE STOP.

LA PROCHAINE FOIS QUE VOUS ÊTES INVITÉ À SOUPER, NE VOUS METTEZ PAS SUR VOTRE TRENTE ET UN MAIS SUR VOTRE VINGT-NEUF ET TACHEZ VOTRE COSTUME STOP. LE LENDEMAIN, PORTEZ CE COSTUME À LA LAVERIE SPOT, RUE DE LA POSTE, EN FACE DU STOP STOP. QUAND VOUS VIENDREZ LE RECHERCHER, VOUS RECEVREZ À LA PLACE UN GRAND SAC CONTENANT MON RÉCIT COMPLET DES MISÈRES DES ORPHELINS BAUDELAIRE LORS DE LEUR PASSAGE DANS LE SECTEUR STOP. VOUS Y TROUVEREZ ÉGALEMENT UN INTERPHONE, L'UNE DES LAMPES LIVRÉES À HAL PAR ERREUR, AINSI QU'UN BALLON EN FORME DE CŒUR CREVÉ, STOP. JE PENSE Y JOINDRE UN CROQUIS DE LA CLÉ DES ARCHIVES, AFIN QUE MR HELQUIST PUISSE FAIRE CORRECTEMENT SON TRAVAIL D'ILLUSTRATEUR STOP. N'OUBLIEZ PAS : VOUS ÊTES MON SEUL ESPOIR STOP. SANS VOUS, JAMAIS LE PUBLIC N'AURAIT CONNAISSANCE DES AVENTURES ET MÉSAVENTURES DES TROIS ORPHELINS BAUDELAIRE.

AVEC MES SENTIMENTS RESPECTUEUX STOP.
LEMONY SNICKET

P.-S. : VOTRE COSTUME VOUS SERA RENVOYÉ ULTÉRIEUREMENT PAR LA POSTE STOP.

LEMONY SNICKET est l'auteur de pas mal de livres, tous abominables, et il a été accusé de pas mal de crimes, tous abominables, toujours à tort. Jusqu'à une date récente, il vivait absolument ailleurs.

BRETT HELQUIST est né à Gonado, Arizona. Il a grandi à Orem, Utah, et il vit aujourd'hui à New York. Il a étudié les beaux-arts à l'université Brigham Young et, depuis, n'a plus cessé d'illustrer. Ses travaux ont paru dans quantité de publications, dont le magazine *Cricket* et le *New York Times*.

ROSE-MARIE VASSALLO savoure tous les soirs, depuis le pas de sa porte, le spectacle de corbeaux regagnant leur corbeautière à tire-d'aile. Mais sous leur arbre dortoir – où ces honnêtes freux bretons laissent plus de blanc que de noir –, elle n'a trouvé à ce jour ni poème ni message codé.

ℒ Cher lecteur ℒ

Si tu n'as pas eu ton compte de malheurs en lisant ce livre, tu peux acheter les autres épisodes qui relatent la vie des enfants Baudelaire chez ton infortuné libraire. Il te les vendra peut-être, bien malgré lui, à condition que tu insistes longuement. En effet, le sort ne cesse de s'acharner sur Violette, Prunille et Klaus, et c'est bien à regret que nous t'indiquons les titres qui relatent leurs malheurs en série :

Si ces pauvres enfants survivent d'ici là, le mois de juin 2005 verra également la sortie du tome 8 de leurs funestes aventures…

Mais il est encore temps, cher lecteur, de te tourner vers des lectures plus riantes, comme te le recommandera certainement, pour ton bien, ton libraire préféré…